樂讀 456+

晴空小侍郎

文　哲也

圖　唐唐

目錄

序章

這是一個從前的故事。
從前從前，有一個迷人的朝代。
那時候，世界上偶爾還有神仙出現，
大部分的人也還看得到鬼，
符咒和仙術還沒有被禁止使用，科學剛開始萌芽。
那時候，河水還很清澈，草地還很綠，
風裡聞不到廢氣，黑夜閃爍著星光和蟲鳴。
那時候，人們經常開懷的笑，
傷心的時候也都能哭個痛快，
唱歌跳舞的時候，不會覺得不好意思。
就是那樣一個天真的朝代，有一個男孩的傳奇故事，
就算這個朝代已經被歷史遺忘了，
男孩和他的鬼朋友們的故事還是流傳下來了。

1 神秘的莫怪樓

千年前的這個黃昏，正好下著陽光雨。

溼淋淋的山路上，好像灑滿了亮晶晶的小碎鑽。

一汪汪小水潭裡，映照著一個個小夕陽。

背著書包的小男孩，幽靈似的出現在山坡上，看著這幅美麗的景象。

雖然是千年前的黃昏——沒有汽車，沒有萬家燈火，沒有城市裡五顏六色的霓虹燈——卻還是一樣繽紛多彩。

陽光是金黃色的，雨絲是金黃色的。

山是墨綠色的。

山邊小路上，彎彎一道小彩虹，是七彩的。

啪、啪、啪……踩著水往山上跑的小男孩，書包是紅色的。

山路邊，一臉悲傷、蹲著淋雨的老頭子，臉色是蒼白的。

老人站了起來，像大鳥一樣張開瘦巴巴的雙手，攔住男孩的去路。

「不要再往山上去了！山上全是鬼啊！」

咻！

像一陣風吹過身體，男孩沒了蹤跡，老人回頭，發現男孩已經跑到他身後，忍不住全身一陣顫抖。

「爲什麼你可以從我身上穿過去？」老人說：「你是鬼嗎？」

「不，」男孩回頭，同情的說：「你才是。」

「我是鬼？」老人看看自己，看到腳上有個蛇的牙痕。「我死了嗎？」

他膝蓋一軟，坐了下來。

「我眞的死了……」

老人低下頭，看著金色的雨絲穿過身體，終於相信自己死了。

於是他飄了起來，覺得好輕快，好像回到小時候似的。

「嘿，好久沒有這種輕飄飄的感覺了，腰痠背痛都不見了！」老人新奇的說：「那我現在怎麼辦？該去哪裡好呢？」

「去莫怪樓吧！」男孩說。

「什麼樓？」

「跟我走！」

男孩往山上跑，老人跟在後面飄。

山村裡，沒有飯吃的窮人家，趴在窗臺上看到這幅景象，都嘆氣說：「唉，可憐的孩子，被鬼追。」

「最近鬼真是愈來愈多了。」其他人也搖頭。

至於那一老一少，則跑得好快，一下子就繞過最後一座村落，跑進沒人煙的深山裡。

有時候，跑著跑著，老人會問：

「莫怪樓到底是什麼呀？」

男孩咬著下嘴脣，沒說話。

「莫怪樓到底在哪裡呀？」

男孩皺著眉頭，沒回答。

不過，莫怪樓這三個字說多了，就被聽到了。

「他們也要去莫怪樓呢！」

「有人帶路，再好不過了！」

「那我們還坐著幹什麼，快追呀！」

三隻打著雨傘的蜥蜴，聽到莫怪樓，把雨傘一扔，從柔軟舒適的青綠色苔蘚上跳起來。

三把雨傘化成三隻蜻蜓，飛走了。

「等一等啊！我們也要去莫怪樓！」蜥蜴小妖們尖著嗓門喊。

「什麼？莫怪樓？」一張黑黝黝的大臉，從石洞裡探出來。「我也要去！」

大臉怪跳出躲雨的石洞，踩著大腳丫，揮著大手掌，扯開大嗓門：「等等我啊！」

大臉怪什麼都大，身體卻瘦得像竹竿，搖搖晃晃追在男孩、老人、蜥蜴小妖後面。

就這樣，追在小男孩背後的鬼怪，愈來愈多。

最後，簡直像一個盛大的遊行隊伍。

太陽快下山了。

「還沒到嗎？」妖怪們開始氣喘吁吁。「莫怪樓到底在哪裡？」

男孩終於停下腳步。

「我也不知道。」他彎腰喘氣。「我只知道，要一直跑一直跑，不然就來不及了。」

他抬起頭來，臉上都是淚痕。

淚痕裡，閃爍著金光。

金光？

大夥兒抬頭一看，看到一個尖尖的金色屋角，從樹林裡冒出來。

「莫怪樓到了！」大家都歡呼起來。

「我們三兄弟搶第一！」蜥蜴小妖們一溜煙穿過樹林，跑到一棟金色大宅院前面，門是開的，紅地毯也鋪好了，三隻蜥蜴歡呼著跑進去。

砰！大門闔上，門裡咕嚕咕嚕響了一陣。

「那不是莫怪樓。」男孩搖搖頭，繼續往山上跑。

轟！一陣煙霧，大房子變成一隻大蛤蟆。

「被吃掉了！」鬼怪們尖叫著，跟著男孩逃走。

溼淋淋的山路上，像鋪了亮晶晶的碎鑽石，映照著紅書包、各種稀奇古怪的妖怪，和一蹦一跳追在後面的黑溜溜大蛤蟆……

太陽下山了，而這個色彩繽紛的千年鬼故事，才正要開始呢。

2 鬼來了！咚咚咚！

從前從前，有一個朝代，名叫「晴朝」。

這個朝代的鬼特別多，多得讓朝廷不得不成立一個部門來管理這些鬼，這個部門就叫做「鬼部」。

古時候，「兵部」是管理軍隊的地方，「工部」是負責工程建築的部門，「鬼部」呢，當然就是負責管鬼的地方。

然而，不像其他的官府有許多高宅大院，「鬼部」只有一棟木頭樓房，不像其他的衙門是在京城裡，「鬼部」的樓房，是蓋在最荒涼的深山裡。

這樣鬼才會來嘛。

「鬼來了！咚咚咚！」

山明水秀大晴國最高一座山的最深處，依靠著陡峭的山壁，有一座好高、好古老的木頭樓房，至於到底有幾層樓，到底有多高，誰也不知道，因爲樓房的頂端總是籠罩在濃濃的雲霧當中。

尤其是在今晚這種大雨中，更是一片黑濛濛。

在嘩啦啦的雨聲中，掛在屋簷下的鬼大鼓，扯開嗓門喊：

「鬼來了，咚咚咚！」

嗓子都快喊啞了，在樓上睡覺的老爺爺才醒過來。

「吵死人了。」老爺爺揉著眼睛走下樓。「小侍郎呢？」

「採藥去。咚咚咚。」大鼓說。

「還沒回來嗎？」老爺爺拉開門，點起燈籠。「我才打個盹兒就天黑啦。這麼大的雨……呃？」

老爺爺抬起燈籠。

遠方，一大隊妖魔鬼怪，在大雨中，張牙舞爪狂奔而來。

「鬼來了！咚咚咚！」大鼓好緊張。

「我看到了啦。」

跑在最前面的，是個小男孩。奇怪，這麼多鬼追一個小孩？不，再看看他們害怕的表情，倒像是背後有個更恐怖的東西在追他們呢。

到底是什麼東西呢？

老爺爺瞇起眼睛瞧。唉，人老了，不中用了，眼力不行了。

只好這樣吧。老爺爺從袖子裡抽出一張符咒。

符咒上面寫著：

飛得高，飛得遠，化成百，化成千！

再翻到背面看看使用說明。上面寫著：

可貼於任何沒有生命的東西上面。

啪！老爺爺把它貼在燈籠上，燈籠馬上飄了起來，紅通通的往天上飛，愈飛愈高、愈飛愈高……然後，轟！像放煙火似的，化成上千個燈籠，照亮整個天空。

「啊，這樣看得清楚多了。」

原來追在一大群鬼怪後面的，是隻一蹦一跳的超級大蛤蟆。

老爺爺把鬍子一甩，袖子一撩，迎向前去，喊道：「不用怕！」

一隻隻鬼怪哭喊著跑來，躲到老爺爺身後。

「救命，牠連妖怪都吃啊！」

砰！大蛤蟆跳到老爺爺面前，像一座小山那麼高。

老爺爺微笑著，向牠一鞠躬。

蘇嚕嚕！好長的紅舌頭，像一條紅彩帶，朝著老爺爺掃過來。

老爺爺東倒倒、西歪歪，一次又一次，閃過紅彩帶，動作很狼狽，可是大蛤蟆的舌頭，怎麼也捲不著。

大蛤蟆拿他沒辦法，只好又變成一棟金光閃閃的大屋子，張著嘴，伸著舌頭，好像開著大門，鋪著紅地毯，歡迎客人來。

從窗戶，還可以看到屋裡關著三隻蜥蜴小妖。

第一隻喊：「別進來！這是陷阱啊！」

第二隻喊：「我們快被消化掉了！救命啊！」

第三隻喊：「笨蛋，不進來怎麼救我們啊？」

看著三隻傻妖怪，老爺爺抓抓頭，又從袖子裡抽出一張符咒，符上寫著：

此門為你開，逢凶可消災，走入絕境裡，回到家中來。

背面的使用說明寫著：

可貼於任何門上。

老爺爺沾沾口水，啪！把它貼在蛤蟆變成的豪宅大門上，推開門，向外面的鬼怪們招招手說：「別怕，一起進來吧！」

大家都呆住了。

小男孩帶頭跟著老爺爺進門去。

其他的鬼怪也提心吊膽跟著走進去。

砰！門關上了。

門內，是老爺爺溫暖舒適的家，乾乾淨淨的木頭樓房。

「大夥隨便坐，我去燒個茶。」老人提起茶壺，笑咪咪說。

鬼怪們往窗外一看，看到大蛤蟆還坐在雨中發呆，這才相信自己不是在蛤蟆的肚子裡。

「眞是太奇怪了。」鬼怪們都說：「我們明明走進蛤蟆肚子裡呀。」

「沒什麼好奇怪的。」老爺爺一邊走上樓，一邊說：「歡迎來到大晴國鬼部，莫怪樓。」

「這裡就是莫怪樓？」小男孩張大了眼睛。「終於到了。」

安靜片刻，接著，滿屋子鬼怪，包括三隻蜥蜴小妖在內，都歡呼起來。

3 傷心的故事

「所有的鬼都有一段傷心的故事，這就是爲什麼，他們要到莫怪樓……」

在這深山裡，大雨的黑夜中，只有莫怪樓發出溫暖的光，好像暖烘烘的爐火，讓再傷心的鬼都能在這裡休息下來。

所有的鬼怪都在屋裡，只有黑溜溜、小山一般的大蛤蟆孤伶伶在屋外淋雨，不久，屋裡傳來好聽的歌聲，連大蛤蟆也忍不住跳到窗邊往裡瞧。

溫暖的樓房裡，老爺爺上樓燒茶去了，接著，音樂叮叮咚咚的響了起來。各種鬼魂和幽靈，小妖和仙怪，不管透明的、不透明的，可怕的或可愛的，都好奇的抬起頭來，看著三位像仙女一般的大姐姐走下樓梯，她們一位彈著琴，一位跳著舞，一位唱著歌。

歌是這樣唱的：

「所有的鬼都有一段傷心的故事，
這就是爲什麼，他們要到莫怪樓，
尋找快樂的結局。

所有的妖怪都有他們的可愛，
這就是爲什麼，他們要到莫怪樓，
尋找失落的關懷。

不要覺得奇怪，
當一切都離你遠去，
還有人願意陪著你。

不要覺得奇怪，
當外面下著大雨，
我們在樓房裡唱著詩句。

陽光會再來，

晴朗的草原上，

鬼魂們的舞會已經發出邀請函……」

歌聲好聽得讓人顫抖，聲音溫暖得讓鬼覺得好像回到上輩子那遙遠的童年，在媽媽懷中，聽著她的心跳，聽著她輕哼的搖籃曲。

三位仙女般的姊姊輕輕的走回樓上去了，音樂聲愈來愈小，終於像最後一滴雨水滴在池子裡似的，咚，停了。

老爺爺提著茶壺走下樓來，為每一位鬼魂和妖怪倒一杯熱茶——不管他們喝得到喝不到，因為他們有些沒有嘴巴，而有些透明的鬼魂，根本沒有身體。

「告訴我你們的故事。」老爺爺一個個走到他們身邊，聽他們像孩子似的哭訴，說他們有多可憐，或者死得有多慘。

老爺爺一個個聽，一邊聽一邊點頭，紅了眼眶。

最後，老爺爺走到小男孩面前。

「告訴我你的故事。」老爺爺溫柔的說。

「我沒有故事。」男孩眼神好空洞，好像看著很遠的地方。「我想不起來。」

「你記得你是怎麼死的嗎？」老爺爺問。

「我又還沒死。」

「傻孩子，只有鬼魂和妖怪才會來莫怪樓呀。」老爺爺摸摸他的頭，發現是溫暖的。「眞不尋常。」

老爺爺手背在背後，繞著男孩走一圈。

「難道你是魔神派來搗亂的嗎？」

老爺爺手伸進袖子裡，說時遲，那時快，啪！一張符咒貼在男孩額頭上。

他指著小男孩喊：「現出原形！」

男孩動也不動，天眞的看著老人的眼睛。

「看來，眞的是個孩子。」老爺爺抓抓後腦杓，把男孩額頭上那張符撕下來，揉成一團，正想丟掉，又把它攤平，走到窗邊，打開窗子，啪！把它貼在窗外偷看的大蛤蟆額頭上。

「現出原形！」

咻！小山一般大的蛤蟆變成一隻綠色小青蛙，蹲在窗臺上。

「有效嘛。」老爺爺自言自語，把青蛙捧進屋裡來。

「原來你這麼小呀。」

「呱！」青蛙說。

「他說『是』！」三隻蜥蜴小妖中的一隻，跳出來幫青蛙翻譯。

「是誰下了妖術把你變成大蛤蟆？」老爺爺問。

「呱呱！」

「他說『不知』。」蜥蜴小妖翻譯。

「你應該吃了不少人吧？」老爺爺嘆氣說。

「呱呱呱呱！」

「只吃四個。他說。」蜥蜴小妖說：「奇怪了，除了我們三個，還有誰？」

老爺爺忽然臉色發白。

「有個男孩，穿青衣，頭綁髻，你是不是遇見他了？」他問小青蛙。

「呱！」

「你……把他吃掉了嗎？」

「呱！」

老人嘆了口氣。

「難怪小侍郎他到現在還沒回來。」

老爺爺跌坐在地上，孩子似的大哭起來。

三位仙女般的姐姐，又載歌載舞的下樓來了，唱起安慰人的歌：

「所有的老爺爺，都有一段傷心的故事……」

老爺爺哭得更厲害了。

4 有個好地方，要讓你知道

「天亮了！咚咚咚！」

山明水秀的大晴國，最高一座山的最深處，清晨的陽光淡淡的灑在一棟古老的樓房上，掛在屋簷下的一面大鼓，扯開嗓門喊：「起床了！咚咚咚！」

啊，今天看來是個晴朗的好天氣。

小男孩醒過來，坐起身，揉揉眼睛，推開被子，爬到窗口一看，哇，一望無際的山巒和田野，山邊飄著淡淡的雲煙，好像昨夜那場大雨的水氣還沒消散。

小男孩痴痴的望著這幅美景，覺得好像在夢裡。

「爲什麼我會在這裡？」他問自己，卻沒有答案。

突然，有一個聲音，好像水底的水泡浮上湖面似的冒出來：「快！不然就來不及了！」

男孩的心猛跳了一下。

「快！」
男孩轉身跑到門邊，拉開木門，跑出房間。
「不然就來不及了！」那聲音說。
房間外是一條長長的長廊，咚咚咚，男孩赤腳跑在木頭地板上。長長走廊的盡頭是木頭樓梯，男孩跑下樓梯，跑下一層樓，還有一層樓、一層又一層……
「原來我在這麼高的地方。」男孩想。難怪窗外的景色，可以看得那麼遠。
每一層樓，都有好多房間，每一層樓的走廊，都空無一人。
有一種奇怪的聲音，從樓下傳來，隨著男孩下樓，聲音慢慢大聲起來，有點像在念經，又有點像在唱歌，歌聲中還有咚咚的鼓聲。
一不留神，踩了個空，滾下木梯，砰！男孩坐在地板上。
這是昨天晚上擠滿了鬼魂和妖怪的大殿嘛。
可是現在卻空空蕩蕩。
陽光透過窗戶照進來，木頭地板好光亮。
歌聲是從門外傳來的。
嘎吱……推開大門，門外是一片美麗的草原。
「您早啊！咚咚咚！」掛在屋簷下的大鼓說。
哇！鼓會說話呢，鼓皮鬆鬆的，像嘴皮。

「早……」男孩有點手足無措。

老爺爺正坐在草原中央一塊大石頭上，敲著木魚大聲唱：

「啊啊！人生多美好！

哈哈！好心有好報！

嘿嘿！有緣來相逢！

呵呵！沒緣來抱抱！」

這是什麼亂七八糟的歌詞嘛。

老爺爺唱得可開心了：

「喂喂！有個好地方，要讓你知道！」

大鼓附和著唱：

「咚咚咚！啥地方？咚咚咚！好在哪？」

老爺爺唱：

「人不知，鬼都曉，
遠近馳名口碑好，
來過的鬼，住過的妖，個個都說妙！
此地名叫莫怪樓，環境佳，風水好，
服務親切，法力又高超！
傷心的鬼，落魄的妖，
別哭泣，莫哀嚎，別害人！莫胡鬧！
快來莫怪樓！
解開你心結，安慰你心憂，
日夜歡迎你！全年都無休！」

接著大鼓又附和著：

「快來喔！咚咚咚！莫怪樓！咚咚咚！」

終於唱完了，老爺爺跳起來，向男孩揮手。

「早啊！」

「早……」

「啊，少錄了一段。」

老爺爺又唱：

「以上節目由大晴國鬼部尙書晴時雨製作播出，鬼大鼓合音，謝謝收聽。」

接著他從右手袖子裡抽出一張「傳聲符」，從左手袖子裡抱出一隻小鴿子，把符咒拴在鴿子腳上，放鴿子飛走。

「鴿子飛到哪裡，我的歌聲就會傳到哪裡，鬼魂們聽到了，就會來了。」老爺爺說：「而且一來就會認得我的聲音，不會找錯人。」

「你這孩子，」老爺爺蹲下來，看著小男孩：「眞像個謎。你是人，不是鬼，卻跑到莫怪樓來，又什麼都記不得！這麼多年來，我已經見怪不怪，所以把這棟大晴國鬼部的樓房取名叫莫怪，可是，怪哉，你是個孩子，卻一點也不怕鬼，我的前一個助手，晴風小侍郎，訓練了三年，才能做到這一點。唉，這孩子太貪玩，昨天竟跑到大蛤蟆肚子裡去了，可憐。昨晚多虧你幫我忙，把那一大群新來的鬼怪一個個送上樓，分配房間安頓好，不然我一個人可忙不來！呵呵。好心腸的小男孩！」

老爺爺開心的笑了，眞難想像昨晚還哭得那麼傷心。

「孩子呀，你爲什麼來到這裡？」老爺爺眼睛好慈祥。

「你眞的什麼都不記得嗎？」

老爺爺的話好像清晨的光線，照進男孩的腦海裡……

「我記得了！」男孩忽然大喊：「我是來救我妹妹的，要快！不然就來不及了！」

兩行淚水，劃下他的臉龐。

5 你來當小侍郎好了

「告訴我，你還記得什麼？」

清晨的陽光，灑在莫怪樓前的草原上。

記憶的微光，在男孩腦海裡閃呀閃。

「我記得，」他看著天空說：「要去救妹妹……妹妹被鬼抓走了……要去莫怪樓……去找怪老頭……要快，不然就來不及了！」

「原來你是來救人的。」老爺爺坐在大石頭上摸著鬍子。「莫怪樓，倒是被你找到了，怪老頭？要去哪裡找怪老頭？」

「就是你，咚咚咚！」鬼大鼓插嘴說。

老爺爺抓抓頭。

「眞沒禮貌。」他說：「我可是堂堂的大晴國鬼部尙書，大名鼎鼎的『晴時雨』晴大人。放尊重點。」

「官再大，咚咚咚，沒部下，咚咚咚，有啥用。」

老爺爺臉紅了。

「它說的倒是實話。」老爺爺苦笑著，對男孩解釋說：「整個鬼部，現在只剩下我一個人，從主管到工友，都是我一個人包辦。以前還有個副手小侍郎，如今又留下我一個。」

「小侍郎？」男孩的眼睛還是看著天空。

「大晴國的官制規定，一個『部』裡的老大、頭頭、主管，叫尚書。老二、副手、副主管，就叫侍郎。這年頭，沒人願意跟鬼打交道，手下眞難找。現在鬼部侍郎出缺……」

老爺爺瞧瞧小男孩。

「你來當好了。」

男孩眼睛看著天空。

「喂，你沒在聽我說話嗎？我說，要封你當官，當鬼部侍郎。」

「啊！」男孩突然大叫一聲：「我想起來了！莫怪樓裡的怪老頭，叫做晴時雨沒錯！他講話瘋瘋癲癲的，不用太當眞。」

老爺爺又抓抓頭。

「這是誰說的？」

「不記得了。」男孩又看著天空。
「好吧。我不知道你是從哪兒來的，不過，既然你說妹妹被鬼抓走了，要救你妹妹，的確要從莫怪樓著手。這裡是鬼怪的庇護所，鬼來鬼往的，消息多。你先住下來，慢慢打聽，總會有線索，說不定記憶恢復了，那事情就好辦了。」老爺爺說：「可是也不能讓你白吃白喝，你得幫忙打工才行。」
「好吧。」
「好吧什麼？」
「好吧，那我就當你的助手，什麼侍郎的。」
「哈！」老爺爺大笑說：「你說什麼？你要當侍郎？你想得美哩！你以爲侍郎是你想當就可以當的嗎？哈！」
果然是個瘋瘋癲癲的怪老頭。
「那就算了。」男孩說。
「算了？這種事怎麼能說說就算了？」
「那要怎麼辦？」
「你要求我才行。」
「拜託你讓我當侍郎。」
「哈！」老爺爺又大笑說：「你以爲你求我，我就會答應嗎？哈！」

男孩皺著眉頭，盯著老爺爺的眼睛。

老爺爺也認眞的看著他，一點也沒有瘋瘋癲癲的樣子。

「求求你，」男孩說：「我要救我妹。」

「好吧，」老爺爺說：「依照傳統，要擔任鬼部侍郎需要完成三件困難的任務。」

「困難的任務？有多難？」

「那是難上加難。」老爺爺搖頭說。

「你說說看嘛。」

「我看你是不行的。」老爺爺嘆氣說。

「那就算了。」男孩裝作想打呵欠的樣子。

「好吧，我說我說。」老爺爺急了起來。「這個鬼部侍郎你是非當不可。」

「爲什麼？」

「因爲我一看你，就知道你是個人才，你不怕鬼，心腸又好，又有耐性。」

「晴爺爺，那就拜託你，鬼部侍郎讓我當。」男孩拉拉他的大袖子。

「好吧。看在你苦苦哀求的這份誠心，我就答應你，只要你完成這三項難上加難的任務，就封你這個官位。」老爺爺說：「聽好了，第一個任務……」

男孩豎起耳朵。

「就是到廚房裡，把所有的碗洗乾淨。」
老爺爺摸著鬍子，得意的說。

6 陰森森的廚房

晴爺爺帶著小男孩，來到廚房。

好古老的廚房，黑漆漆的牆壁，烏溜溜的木頭柱子，灰撲撲的爐灶，油膩膩的鍋杓……

還有堆得好高的碗盤。

「這些碗盤，我怎麼洗也洗不完。」晴爺爺搔著後腦杓說：「眞是傷腦筋。早上洗乾淨的碗，下午又髒了。今天全洗完的盤子，明天一早又堆好高。」

「怎麼可能？」男孩歪著頭說：「太奇怪了吧？」

「沒什麼好奇怪的，這裡是莫怪樓。」晴爺爺打著呵欠說：「今天太早起了。昨天哭得那麼傷心，應該睡飽一點才對。我去補個回籠覺，我睡醒以前，你要把碗盤通通洗得發亮，不然你就失去鬼部侍郎的候選資格了。」

「還有其他的候選人嗎？」男孩問。

「沒有。不過我也不是非要你當小侍郎不可。」老爺爺又打了個呵欠。

眞是的，剛剛才說這個鬼部侍郎他是非當不可。

「好了，還有沒有什麼問題？」老爺爺揉著眼睛。

「有，那我……」

「沒問題就開始工作吧，別嘮叨了。」老爺爺嘎吱一聲關起門，走了。

小男孩一個人站在陰森森的廚房裡，突然，恢復了一點記憶，他想起，他最討厭洗碗了！

不過這種記憶對於讓他想起他是誰、爲什麼跑到這裡來救妹妹、他妹妹又是誰、到底發生了什麼事……這一切的問題，好像沒什麼幫助。

咕嚕……咕嚕……

廚房裡響起一陣怪聲音。

男孩摸摸肚子。是我肚子發出來的吧。快餓死了，早餐都還沒吃。

而腦海裡那個不停催他「快！不然就來不及了！」的聲音，暫時消失了。

好吧，開始工作吧！

他從水缸舀了一桶水，從爐灶上端了一疊碗，蹲下來，淅瀝瀝，嘩啦啦，洗好了，一點也不難。

洗乾淨的碗，放回爐灶上。他又端了一疊盤，蹲下來，淅瀝瀝，嘩啦啦，洗好了，一點也不難。

洗乾淨的盤，放回爐灶上，他伸個懶腰，仔細一看，咦，剛洗好的碗又髒了！

把碗端下來，重新洗一遍，放回爐灶上一看，剛洗好的盤又髒了！

咕嚕……咕嚕……

廚房裡又響起一陣怪聲音。

這是怎麼回事……男孩走到爐灶邊，往爐灶與牆角之間的窄縫一看，就看到一個醜不拉幾的小妖怪。

他有著扁扁的頭，皺皺的臉皮，瘦得像排骨的身體，鬆癟癟的大肚皮……

「好吃！好吃！」他喊著，手裡端著剛洗好的盤子，好像盤子裡有什麼好吃的東西似的，把盤子舔了又舔，舔得盤子上一塊青、一塊綠，又黏又油膩。然後他隨手把舔過的盤子擺回爐灶上，又端了一個剛洗好的碗，舔了起來。

洗不完的髒盤子髒碗，就是這麼來的！

「好吃！好吃！」他還一直喊。

「喂！」男孩手扠腰，喊著：「你這搗蛋鬼！」

小妖怪抬眼瞄了他一眼。

「我不是搗蛋鬼，我是小餓鬼。」

他一口氣把碗盤全舔髒以後，左看看，右看看，拉了拉鬆肚皮，就大哭起來：

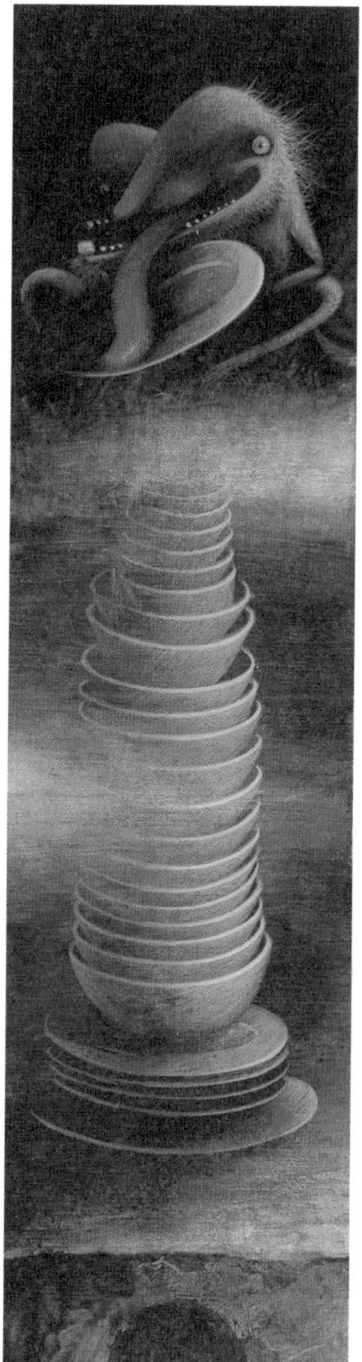

「都吃光了，好餓！好餓！」

然後他肚子就發出一陣「咕嚕……咕嚕……」的聲音。

「舔碗盤怎麼會飽嘛。」男孩皺著眉頭，把髒不溜丟的碗盤一起端去洗。

這次，他不會再讓小餓鬼弄髒了。

沒想到小餓鬼從牆角跳出來，一把抓起剛洗好的盤子，男孩手一滑，就被他搶走了。

「嗯，好吃！好吃！」他一邊舔，一邊說，一邊猛點頭，臉上陶醉的表情，好像在大餐廳裡吃高級料理。

「可是你什麼都沒吃到哇！」男孩說。

小餓鬼睜大了眼，看看他，看看盤子，再看看盤子，看看他，然後用一種很奇怪的表情說：「什麼都沒吃到？」

他大笑起來，說：「你瞎了眼嗎？」

男孩愣了一下，仔細一看，只見小餓鬼的盤子上，堆了豬排、龍蝦、美味的湯汁，點綴著紅蘿蔔、白蘿蔔，還圍繞著櫻桃、草莓和巧克力醬。

男孩吞了口口水。

「可以分我吃一點嗎？」他忍不住說。

7 灶王爺的咒語

黑漆漆、陰森森的廚房裡，忽然出現閃亮耀眼、色香味俱全的大餐。

「分我吃一點？」男孩蹲在小餓鬼旁邊。

「才不要。」小餓鬼瞪他一眼。「我很餓耶。」

「我也很餓啊。」男孩餓得心酸酸的，蹲著看細細一束陽光，從小窗子照進來，陽光裡有細細的灰塵。

然後，好像瓷器上的灰塵被抹開，露出美麗花紋一般，記憶浮現上來。

記憶裡，細細一束陽光，照在美麗的桌布上，早餐桌上，有著媽媽的笑容、妹妹的笑容、牛奶、果醬、花生醬，稍微烤焦的麵包……

那是我的家嗎？那我現在為什麼在這個陰森森的廚房？

為什麼我在這個小怪物身旁？他回想著、回想著……

「好餓喔！」他記得他在早餐桌上，拎起烤麵包大叫：「烤焦了！我最討厭烤焦的麵包！」

媽媽輕輕挑了一下眉頭。「別挑三撿四的。要記得，總有些可憐人比你更餓，還沒得吃呢。」

是嗎？

男孩看著小餓鬼，那副又餓又貪吃的樣子，忽然覺得他就是媽媽說的可憐人。

這麼一想，咻！轉眼間，閃亮耀眼的大餐全都不見了。

只見小餓鬼端著空盤子，還直喊著：「嗯，好吃！好吃！」

「可是你什麼也沒吃到啊！」男孩同情的說。

「你瞎了眼嗎？」小餓鬼又瞄他一眼。

咻！整盤豐盛無比的大餐又出現在眼前，男孩吃了一驚。

小餓鬼在空盤子上看到的就是這樣。

可憐，他這樣怎麼吃也吃不飽的。

這麼一想，咻！美味大餐又消失了。

「了不起。」有個聲音說。

沿著聲音的方向看過去，有一個巴掌大的小人兒，坐在爐灶上的一小方陽光裡。那個小人兒，穿著寬袍大袖的官服，戴著大官的帽子，笑嘻嘻說：

「小小一個小孩兒，竟然抵擋得住我的咒語。」

「你是誰？」男孩好驚奇。
「我是灶神。」
「灶神？」
「就是灶王爺。」
「灶王爺？」
「家喻戶曉的廚房神明，你不認得嗎？」灶王爺拂拂袖子，拍拍灰塵。這爐灶裡灰撲撲的，每次爬出來，他都得把自己拍乾淨。
「廚房神？」男孩還是一愣一愣的。
「專管廚房安全，一家興旺的神。每年臘月二十三，還要上天庭去做報告。人們怕我說壞話，常請我吃糖，要我嘴甜一點，所謂『上天言好事，回宮降吉祥』，鼎鼎大名的灶王爺，就是我啦。知道了吧？」
「不知道。」男孩抓抓頭。「很多事我都忘了，對不起。」
「算了。」灶王爺無趣的托著腮幫子。「你說，你是怎麼破解我的咒語的？」
「咒語？」
「還不懂嗎？那個餓鬼，幾天前偷偷溜進廚房來偷吃東西，我就下了道咒語，讓他對著空盤子吃個不停，哈哈。活該。」
「什麼咒語？」

「你瞎了眼嗎?」灶王爺輕描淡寫的說。

剎那間，男孩眼前又出現山珍海味，比剛剛看見的還豐盛一百倍!

這句話就是咒語呀。

「可憐的小餓鬼，被這句咒語折磨得好慘。」男孩喃喃自語說。

剛說完，山珍海味就消失了。

「我懂了。」灶王爺點點頭。「是同情心。聽說好心腸可以讓很多咒語失效，不過我這還是頭一回見識到。」

「你可不可以把咒語收回去?你看他，永遠吃不飽。」男孩說。

小餓鬼已經舔完盤子，又開始哭著喊餓。

「我的咒語是不能收回的，」灶王爺打了個呵欠。「不過，可以轉到別的地方去。」

「轉到哪裡去?」

「轉給你吧。反正這咒語已經對你無效了。」

灶王爺一彈指，小餓鬼就回頭，灶王爺說：「傻孩子，醒過來吧。」

接著，小餓鬼就癱在地上。

「他怎麼了?」男孩嚇一跳。

「別擔心，只是餓癱了。」灶王爺朝男孩一彈指說。

「咒語現在到你身上了。」
男孩歪歪頭。「有嗎?」

8 神仙也掉牙

巴掌大的灶王爺捻著鬍子，坐在爐灶上的一小方陽光裡。

「咒語到你身上啦，」他說：「既然它對你無效，那就表示你是它的主人，以後你愛怎麼使用這個咒語，都可以。來，試試看！」

「我才不要用咒語呢！」男孩搖搖頭，走回去洗碗。

「笨孩子。」灶王爺說：「浪費我一個咒語。」

男孩才不理他。

灶王爺托著腮幫子打呵欠。這麼多年了，老待在黑漆漆的廚房裡，真是快無聊死了。

「喂，你就試試看嘛，看你用起咒語靈不靈？」灶王爺說：「就算不靈，也讓我開開心。」

「好吧。」男孩一邊從水缸裡舀水一邊說：「那你要幫我洗碗。」

「那有什麼問題。」

男孩想了想，指著灶上一塊磚頭說：「好香的饅頭啊！」

灶王爺笑咪咪的看著。「什麼饅頭？騙不了我的。」

「咦，你沒看見嗎？」男孩故作驚訝的說。

剎那間，磚塊變成香甜柔軟的大饅頭，出現在灶王爺眼前。

灶王爺眼睛一亮，跳過去，抱住磚塊啃了起來。

喀嗜！他啃掉了大門牙。

「哇！」灶王爺大叫一聲。

「對不起，你的牙齒……」男孩覺得很不好意思。

「沒關係，神仙的牙齒，第二天就會再長出來。」灶王爺笑呵呵說：「沒想到你的咒語力量這麼大！連我都被唬住了！而且，你把咒語改編了，對不對？」

灶王爺五百年來，第一次這麼興奮，臉紅通通的。

「嗯，我改了說法，我覺得說人家眼睛瞎了不好聽。」

「哈哈哈！真是個天才！改了咒語，還更有力量。」灶王爺滿意的拍著肚皮。

「好了，我該回去睡覺了。」

他慢慢往爐灶底下爬去。

「你還沒幫我洗碗呢。」男孩拎住他的衣領。

「喔，對了。」

灶王爺兩手合十，念道：「碗是天，盤是地，天地之間下大雨。」

只見碗一個個浮起來，盤子在地上排列開來，碗盤中間開始雷雨交加，還有閃電呢。

看看碗盤被這場小型暴風雨沖刷得差不多了，灶王爺又念道：「雨過天青好乾淨。」

雨停了，碗盤一個個自動疊好，乾乾淨淨亮晶晶！

「好啦！」灶王爺拍拍手。「這些碗盤一個月內，是用不髒的。」

男孩張大了眼睛。「你好厲害！」

灶王爺聳聳肩。「這沒什麼。我本來就是廚房裡的萬事通。」

一翻身，灶王爺跳進灶裡，消失了。

廚房裡只剩下小餓鬼肚子的咕嚕聲，他已經餓得沒力氣說話了。

怎麼辦，該給他吃點什麼？

男孩在廚房裡東翻翻、西找找，最後打開大櫥櫃，看到滿滿一架子的白饅頭。

他揉揉眼睛。這不會又是法術變出來的幻象吧？

是眞的饅頭。他咬了一口。

好香。

小餓鬼醒了過來，聞到香味，哭叫起來。男孩趕緊把饅頭扔過去，小餓鬼接住，兩三口，一個饅頭就不見了。

「還要！」他哭叫著。

男孩把櫥櫃裡所有饅頭都扔過去。

小餓鬼吃得好開心，臉色慢慢紅潤起來，鬆鬆的肚子也慢慢鼓了起來。

吃完所有的饅頭，又喝完一桶水，終於有力氣站起來。

他伸開雙手說：「我吃飽了！」然後開心的大笑起來。

他又笑又跳，抱著小男孩說：「謝謝你！謝謝你！我好久好久沒有吃飽了！」

然後他開門，一蹦一跳的跳出廚房去了。

咕嚕。

這次是男孩的肚子在叫。

好餓啊。

砰！廚房的門又開了。

「什麼聲音這麼吵？」老爺爺揉著眼睛走進來，看到亮晶晶的碗盤。

「啊，你完成了第一個任務了！很容易吧？我說過很容易的。」

什麼嘛。明明就說是難上加難的任務。

「太好了！」老爺爺把男孩抓過來拍拍頭。「好，第二個任務呢，就是把咱們莫怪樓裡的鬼怪們餵飽，因爲早餐時間到了。這也很容易，櫥櫃裡有很多饅頭，只要把饅頭發給他們就行啦！容易吧？哈哈哈！」

老爺爺大笑著，打開櫥櫃一看……

櫥櫃是空的。

9 妖怪請下樓

早餐時間一到，莫怪樓裡開始騷動起來了。

住在樓上一個個房間裡的鬼怪，還沒醒的，都醒了過來，本來醒著的，也都餓了，已經餓了的，開始發出嗚嗚的鬼哭聲，本來就嗚嗚哭叫的，開始不耐煩的大呼小叫起來，本來就已經很不耐煩的，更是開始砰砰砰猛敲桌子，猛踩地板……

「為什麼吃飯的鼓聲還沒響啊！」他們發出恐怖的吼聲。聲音震得屋簷都在顫抖。

這下糟了。一滴汗水從鬼大鼓的鼓皮上流下來。

每到早餐時間，掛在屋簷下的鬼大鼓負責叫大家下樓來吃飯，這是它唯一一次可以一句話說超過三個字的機會。

「莫怪樓全體神鬼妖精，敬請光臨一樓餐廳！」

然後它就可以盡情「咚咚咚咚咚滴哩咚咚」的猛敲一頓。

不過今天早上，它正要扯開嗓門大喊，卻被晴爺爺一把抓住鼓槌。

「等等！」晴爺爺沉著臉說：「我們有麻煩了。」

晴爺爺用手指關節敲敲小男孩的額頭說：

「這小子，把饅頭吃光了。」

「不是我……」

「嗯，你承認就好。」老爺爺閉著眼點頭。「你知道錯了？」

「不是我……」

「知道錯了就好。」

唉，眞是個怪老頭，完全不聽人說話。男孩嘆了口氣。

「既然你認錯，那我也不怪你。」老爺爺手背在身後，走過來，走過去。走過來，又走過去。「不過，這下要怎麼辦才好呢？」

砰！砰！砰！砰！樓上房間裡的鬼怪們，開始用力擂門。

「爲什麼鼓聲還沒響啊！吼！」

鬼大鼓的鼓皮發出答答答的顫抖聲。

「不要怕。」老爺爺笑著拍拍大鼓說：「有麻煩的時候，急也沒有用，怕也沒有用。輕鬆點。」

「晴爺爺，咚咚咚，有辦法？咚咚咚？」大鼓小聲問。

「沒辦法。」老爺爺又走過來，走過去。「每個月，送貨郎會來一趟，算一算，就是今天，他一到，柴米油鹽都不缺，饅頭麵條大餅窩窩頭，要什麼有什麼。」

「太好了，咚咚咚，何時到？咚咚咚？」

「傍晚到，咚咚咚。」晴爺爺學著大鼓說話。

「那完了！」大鼓絕望的喊，忘了說咚咚咚。

等到了傍晚，那些鬼怪不把莫怪樓鬧翻才怪！就算晴爺爺法力高強，鬼怪拿他沒辦法，可是「莫怪樓讓客人挨餓」這樣的壞名聲傳出去，以後誰還來莫怪樓？

更糟糕的，說不定，鬼怪們餓得慌，就下山去，找食物。到時候山下的村落、農莊，就通通要遭殃。

照顧不了鬼怪，保護不了大晴國的百姓，那還要莫怪樓做什麼？

想到這裡，晴爺爺又用手指敲敲男孩額頭說：

「都是你！」

男孩想了想。

「對不起，都是我的錯。」他點頭說：「都怪我。那我來想辦法好了。」

「哦？」老爺爺驚奇的看著他。

「叫大家下來吃飯吧。」男孩說。

「哦？」

「餐廳在哪裡？請帶路。」男孩問。

「哦？」老爺爺還在驚訝中。

「不要再哦了，晴爺爺。我有辦法。」小男孩拉著爺爺的手走回莫怪樓。

晴爺爺回頭，對鬼大鼓瞇起一隻眼睛，點點頭。

意思是說：「敲吧，這孩子，我信得過。」

鬼大鼓半信半疑，扯開嗓門喊：

「莫怪樓全體神鬼妖精，敬請光臨一樓餐廳！」

接著它使勁一陣亂敲：

「咚咚咚！滴哩答啦咚！滴哩答啦滴哩答啦咚咚咚！」

從二樓，一直上到雲霄，高不可測的莫怪樓開始搖晃震動，因為大大小小的妖魔鬼怪開始擠進木頭樓梯，一起走下樓來……

10 小侍郎，不要怕

各式各樣、五顏六色、五花八門的鬼怪，下樓來了。

轟……轟……

砰……砰……

咻……咻……

沙……沙……

發出各式各樣的聲音，踩著大大小小的腳步，推開各自房間的木門，走了出來，飄了出來，滑了出來，溜了出來，跳了出來……

沿著莫怪樓長長的走廊，走到黑暗的木頭樓梯間，一步一步踏下樓梯，下樓來了。

下樓來了……

而在一樓，晴爺爺領著小男孩，來到一個大廳堂。

「這裡就是飯廳啦，你要拿什麼餵他們？」晴爺爺瞇著眼，笑著問。

「盤子……」男孩說。

「什麼？」

「盤子，我需要盤子。」

小男孩轉身就跑，衝進廚房裡。

「嗨！」灶王爺正坐在牆角曬太陽。「你又來啦！這次我們來玩……」

小男孩抱起碗盤轉身就跑。

「現在的小孩，愈來愈沒禮貌了。」灶王爺打了個呵欠。廚房裡的生涯真是無聊。

男孩在飯廳裡排起碗盤來，才排到一半，一個黑影晃了進來，一團像黏土似的、黏呼呼的東西，走了進來。

「早啊！黏土怪。」晴爺爺笑著向他問好。

「呼嚕！呼嚕嚕！」黏土怪也回禮問好。

跟在黏土怪後面的，是昨晚來的三隻蜥蜴小妖，一蹦一跳。

「晴爺爺早！」他們大聲問好。

「早，昨晚睡得可好？」

「太棒了，這樓上到處陰氣森森的，」三隻小妖異口同聲：「氣氛真美妙！」

後面進來的，可沒辦法一一問候了，因為鬼怪們一湧而入，數量又多，脾氣又暴躁，看來，真是餓壞了。

轟……轟……

砰……砰……

咻……咻……

沙……沙……

滿屋子五顏六色、奇形怪狀的「客人」，就連不怕鬼的小男孩，都有一點微微的顫抖。

「不要怕。」老人伸出溫暖的大手，握住男孩冰冷的手。「他們是一群可憐人，只是長得比較奇怪一點。他們需要我們幫助，需要我們餵飽他們。」

老人笑咪咪的看著大家坐好，每個人面前都有一個空盤子。

「大家好，希望大家昨晚都睡得好。」老人向大家一鞠躬說：「歡迎來到莫怪樓，請把這兒當作自己的家，不管你是老房客，還是昨晚才來的新朋友，我們都會盡心款待。在今天早餐開始前，先向各位介紹，站在我旁邊的這位孩子，是我們大晴國鬼部小侍郎的候選人！」

鬼怪們當中，有手的都鼓掌起來，表示歡迎。

黏土怪一鼓掌就把泥巴噴得到處都是，他一邊拍手，一邊問：「呼嚕嚕拉，呼嚕嚕？」

「你問原來的小侍郎，在哪裡？」晴爺爺紅著眼眶，指著窗臺上的小綠蛙說：「昨晚，被牠吃啦。」

「哇呼拉拉！哇哈哈哈！」黏土怪大笑起來，其他鬼怪也哄堂大笑。

小男孩愣住了。小侍郎被吃掉是很好笑的事嗎？

老爺爺溫暖的大手，拍拍男孩的頭。

「別怕。」老人蒼老卻有力的聲音，在男孩耳邊說：「他們自私，沒有同情心，所以才變成鬼怪。很可憐的。」

哄堂大笑完，鬼怪們開始用拳頭敲地板。

「餓！餓！餓！餓！」他們喊。

「該上菜了，現在怎麼辦？」老人笑著看男孩。

男孩咳嗽兩聲，清了清喉嚨，然後大聲說：「現在，大家聽好了，我來宣布菜單！」男孩勇敢的聲音在大廳裡迴盪著：「今天早上，請享用『饅頭燒肉山菜大餐』！」

客人們都歡呼起來，接著又安靜下來。

「那……請問在哪裡？」一個黑漆漆的小妖尖著嗓子問。

男孩一歪頭，奇怪的說：「咦，你們沒看見嗎？」

剎那間，所有的鬼怪眼睛都亮了起來。

一大盤冒著煙的熱騰騰饅頭，夾著香噴噴的燒肉，圍繞著綠葉、地瓜、紅蘿蔔，出現在他們面前。

「萬歲！」有人大喊，其他人連喊都來不及喊，就埋頭大吃起來。

男孩鬆了一口氣，笑了。「還好。」

他轉頭看老爺爺，老爺爺卻沉著一張臉，眼神像老鷹似的。

「灶王爺的咒語？」他盯著男孩說：「這下糟了！」

11 到底有多糟

「這下糟糕了。」晴爺爺皺起眉頭說。

「怎麼了？」男孩也緊張了起來。

「簡直是……太糟糕了。」老爺爺搖頭。

「我……不該用咒語嗎？到底有多糟糕？」

「反正是糟之又糟，糕之又糕。」老爺爺說。

男孩嘆了口氣。這怪老頭。

「到底有多糟嘛！」男孩急了起來，大喊。

「反正是……完了完了。」老爺爺說。

妖怪們抬起頭來，看了看他們，又低下頭，埋頭猛吃。

看看這飯廳裡，每一位鬼怪都露出陶醉的表情，痛快的享用著「大餐」，雖然他們面前只有一個空盤子。

「你看，他們這樣不是很好嗎？」男孩問。

「可是他們吃得飽嗎？」晴爺爺說。

男孩沉默了，想起廚房裡那個永遠吃不飽的小餓鬼。

「吃不飽。」男孩說。

「答應給人家東西，卻不給，只給人家一個美妙的幻覺，這叫騙人。」

晴爺爺用手指關節敲敲他額頭：「你騙人，將來就會被人騙。你騙鬼，將來就會被鬼騙。這叫因果報應，逃不掉的。」

「被鬼騙？什麼時候？哪一天？」

「誰曉得。時間到了就知道了。」

「可是，這個咒語，是灶王爺教我的……」

「我當然知道是他。唉。那個灶王爺！」

正蹲在廚房牆角曬太陽的灶王爺，忽然覺得耳朵好癢。

「那個灶神，唉。」晴爺爺抓抓頭，好像是想起哪個調皮搗蛋的孩子似的。「不過，就算是神明，也逃不過因果報應的，只是你看不見而已。」

我看見了。男孩想起灶王爺騙了小餓鬼以後，接著就被自己的咒語騙了，把磚塊當成饅頭，啃掉了大門牙。

因果報應……

「有因就有果，」老爺爺眼神像老鷹。「善有善報，惡有惡報，你沒想到是眞的吧？很多孩子都不信的。」

老爺爺嘆口氣。

「可憐的孩子，有一天你會因爲今天這件事，栽在鬼怪手裡。」

「那怎麼辦？」男孩茫然了。

老爺爺也沉默了。

這時候，飯廳裡，本來稀哩呼嚕吃得不亦樂乎的鬼怪們，開始覺得不對勁。

原本陶醉的表情，開始變成疑惑。

原本興奮的眼神，開始變成哀怨。

「爲什麼都吃不飽啊！」有人開始哀嚎。

「爲什麼還這麼餓啊？」有人開始大叫。

「爲什麼一盤又一盤，吃了三十盤燒肉大餐，感覺卻好像什麼都沒吃一樣？」

有人開始不耐煩。

老爺爺和小孩互相看了一眼。

「現在不是擔心報應的時候。」老爺爺說，小男孩點點頭。

「要想辦法眞正餵飽他們才行。」小男孩說，老爺爺點點頭。

「晴爺爺，昨天晚上，我看到你從袖子裡抽出一張符，」小男孩拉開老爺爺的柚子，往裡頭瞧。「有沒有可以變出食物的法術？」

「別亂來。」晴爺爺敲敲他額頭：「那種無中生有的符咒，貴死人了，我可買不起。由一變多的符咒倒是有一張，可惜昨晚貼在燈籠上，用掉了。」

「由一變多的符咒？」

男孩想起，昨晚帶領一大群鬼怪跑上山來，接近莫怪樓時，看見一個紅燈籠飛上天空，像煙火似的化成千百個燈籠，照亮了整片天空。

如果可以把燈籠由一變多，那麼……

男孩轉身就跑。

「逃走了。」老爺爺對著男孩的背影搖頭。「現在的孩子，實在太不負責任了。」

咚咚咚咚，男孩踩著木梯，一層樓一層樓往上跑，跑回自己房間，拎起紅書包，打開來。

書包裡有一個三明治，一個蘋果。

還有一瓶橘子汽水。

12 老天爺，求求你

莫怪樓樓上的小房間裡，小男孩盯著他紅書包裡的美妙景象……

「果然，」男孩自言自語：「我就記得，書包裡有吃的。」

他伸出手，顫抖著，倒不是因爲緊張害怕，而是因爲，實在太餓了。

從昨天晚上跑上山後，就沒吃過飯，現在，已經快中午了，他連一口水也沒喝。

他顫抖著拿起食物，在窗口的陽光下，仔細瞧。

對了，這種三角形的麵包，叫三明治。我記得了。

刹那間，好像閃電劃過烏雲，腦海中的許多記憶都亮了起來。

妹妹！

妹妹的臉孔在腦海裡鮮明了起來。

妹妹張大了眼睛，好像在大聲喊，卻喊不出聲音。

還有爸媽！

爸媽憂心忡忡的臉孔也浮現出來。

「別傻了，孩子。」媽媽滿臉淚痕，輕輕的說著：「你要去哪裡？你想做什麼？妹妹已經不會再回來了……」

他記得，他掙脫了媽媽的手，開始奔跑，奔跑……但是妹妹的臉孔卻愈來愈遠，愈來愈透明……

然後在遠方的黑夜裡，妹妹的背後，出現鬼魂的大軍……

一面一面軍旗在黑暗中飄動，軍旗上有一個大字……「晴」。

妹妹消失了。

接著，一個蒼老的聲音說：「快去！不然就來不及了。把這些吃的帶著，你會用得上的。」

是啊，果然用得上。

閃電般的回憶消失了。男孩捧著三明治、大蘋果，和一瓶冰涼的橘子汽水，傻傻坐在窗口陽光下。

如果現在把這些東西吃了，他就有力氣了。

一個孤伶伶的小男孩，在烏漆抹黑的夜裡跑上山，來到這個奇怪的鬼地方，還完成了一個莫名其妙的老頭交代的任務，累得半死，現在回到自己房間來，休息休息，吃吃自己帶來的早餐，這總可以吧。

他吞著口水想。

沒有人會怪我的。男孩撕開三明治的包裝紙。好香。

可是，飯廳裡那上百個妖魔鬼怪怎麼辦？

他們也好餓。

他們也是孤伶伶的來到這裡。

我不能留下他們不管，何況，我答應晴爺爺了。

一翻身，男孩跳了起來，背起書包，把所有的食物塞進書包裡，跑下樓。

咚咚咚咚咚……古老的木頭階梯迴響著……一層樓又一層樓……

好高的樓啊。

好餓喔。

男孩腳一軟，滾下木梯，砰！坐在一樓地板上。

好痛。

他深吸一口氣，再一次鼓起力氣，跳起來，推開大門，跑出莫怪樓。

「還好吧？咚咚咚？」屋簷下的鬼大鼓，膽怯的向他打招呼。

「好……」男孩話還沒說完，背影就消失在草叢裡。

莫怪樓外的草原，在陽光下，好像一片美麗的青綠色海浪。

搖曳的綠色草浪中，點綴著許多紅色花朵——那是昨天夜裡飛在空中，而現在靜靜躺在草原上的千百個紅燈籠。

其中一個燈籠，貼著晴爺爺的符咒……到底在哪裡呢？男孩在草原裡奔跑著，尋找著，撿起一個個燈籠，仔細看。

不是這個。

不是這個。

一定是這個……不，不是這個。

好累、好餓……不是這個。

不知過了多久，當放棄的念頭，第一次浮現腦海的時候，男孩腳一軟，跪倒在草地上。他把臉龐貼在草上，聞著草葉的清香，看著眼前一個破破爛爛的紅燈籠。

他伸出手，將燈籠翻到背面。

一張破破爛爛的符咒。

「飛得高，飛得遠，化成百，化成千！」符咒上面寫著。

終於讓我找到了。

「飛得高，飛得遠，」是用不著了。男孩把上半截符咒撕掉，只留下「化成百、化成千！」

「老天爺啊，求求你，」男孩跪著，向藍色的天空祈禱：「讓這張符咒的法力還有效。」

他起身，拖著又痠又痛、傷痕累累的腳，走回莫怪樓。

在飯廳裡，晴爺爺正努力的東躲躲、西閃閃，鬼怪們包圍著他，一步一步把他逼向牆角。

「哈，你終於回來了。」晴爺爺笑著說：「你看這些傢伙，餓得想把我吃了呢！而我剛剛才發現，袖子裡的符咒，竟然全用完了！」

「我這裡，」男孩喘著氣說：「還有一張。」

他深吸一口氣，把符咒貼上三明治，丟向空中。

化成百，化成千！

三明治落下來了……像雨一般的落下來。

鬼怪們張大了眼睛，看著從來沒看過的東西——

滿坑滿谷的三明治。

13 奇異的「山貓子兒」

鬼影幢幢的大飯廳裡，白鬍子晴爺爺歪著頭，指著滿坑滿谷的怪東西問：「這是什麼玩意兒？」

「三明治。」男孩笑著說。

晴爺爺彎下身，撿起一個嚐了嚐。

「味道還不錯。」他點點頭。

所有的鬼怪們也都回頭，向小男孩點點頭。

「味道還不錯！」他們說，再咬一大口。

鬼怪們個個捧著滿懷的三明治，回到座位上，開懷大吃起來。

男孩向大家一鞠躬。

「請大家原諒我，剛剛那些『饅頭燒肉山菜大餐』，是騙人的，是咒語變出來的，對不起。」

剎那間，大餐的幻影，像陽光下的彩虹，消失在空中。

「哇……」鬼怪們嘆息著。

一位長得像山貓的妖怪，鬍子上沾著火腿屑和沙拉醬，抬頭笑說：「難怪剛剛吃不飽！喵！這些三角形怪饅頭，味道也不壞，而且吃得飽！妙！」

「什麼怪饅頭。」老爺爺說：「那叫山米子兒。」

「山什麼？」旁邊吐著蜥蜴舌頭的小妖探頭問。

「山貓子兒。」山貓怪得意的說：「這都不認得。」

「喔？以前倒沒吃過。」

「肯定是京城裡最新的小吃，」山貓怪搭著小男孩的肩膀說：「小兄弟，你說是不是？」

「可……可能吧。」小男孩瞄著肩膀上又髒又尖的貓爪說。

山貓怪馬上跳起來向大家宣布：「我的好兄弟小侍郎說了，這是京城裡王公貴族的最新小吃，山貓子兒！」

大家都鼓起掌來。

晴爺爺幫小男孩把肩膀上的髒泥巴拍一拍。

「小侍郎？」晴爺爺微微一笑。「還有最後一個任務呢。」

「可是，」男孩嘆了口氣。「我實在累壞了。」

眼看著最後一個三明治被鬼怪們塞下肚去，男孩又接了一句：「而且，餓壞了。」

倒是鬼怪們都興高采烈的歡呼起來。

「吃飽了！吃飽了！」他們喊著。

「有沒有水果？」他們嚷著。

「有沒有水喝？」他們又向男孩哀求起來。

男孩只好把書包裡的蘋果和汽水拿出來，一一貼上符咒，變出許多蘋果和橘子汽水。也許是因爲已經使用過多次，符咒上的字跡變淡了，力量也變小了，變出來的東西不多，只夠一人發到一個蘋果和一瓶汽水。

男孩耐心的教大家，怎樣打開汽水瓶蓋。大家喝到這種會冒泡的「甜茶」，都興奮的尖叫起來。

「神水！神水！」蜥蜴小妖們尖叫。

「依我看，」一個半透明的鬼魂，低頭看著自己喝下去的橘色氣泡水，在身體裡晃來晃去，忍不住低聲說：「這個小侍郎，法力可能比晴爺爺還強。」

晴爺爺和男孩相視而笑。

「這些鬼怪，有時候還眞可愛。」晴爺爺說：「喝個水也能鬧成這樣。」

男孩打開一瓶汽水，遞給老爺爺。

「哇！」老爺爺喝了一口，眼睛瞪得像銅鈴。「辣的！辣的！」

男孩看著老爺爺繞著飯廳蹦蹦跳跳，繞了一圈，回到面前，拎起汽水，又咕嚕咕嚕灌了一大口。

「哦！」老爺爺打了個嗝，用大袖子抹抹嘴，沉下臉來，正經的說：「這玩意兒，還挺爽口的。」

老爺爺也真可愛。

男孩微笑了。

看著老爺爺和這群鬼怪笑笑鬧鬧，這個莫怪樓，這群鬼怪，好像突然親切了起來，不再陰森森了。

男孩笑著、笑著，眼前一陣發黑，老爺爺、鬼怪朋友們、整個飯廳，就都在黑暗的漩渦中消失了。

當他再醒過來的時候，第一眼看見的，是無比美麗的紅色雲彩和夕陽。

「可憐的孩子。」老爺爺坐在草原上的白色大石頭上，看著張開眼睛的男孩說：「勇敢的孩子，你只剩下最後一個任務了。」

14

草原精靈

「小侍郎醒了……小侍郎醒了……」
「噓……不要吵他。」
細細碎碎、吱吱喳喳的聲音，在風中迴盪。
男孩坐起身來，瞇著眼睛，看著莫怪樓前，草浪在輕風中微微搖曳。
好美麗的夕陽，好美麗的紅色雲彩。
「我睡了這麼久？」
「嗯，我看你是累壞了。」晴爺爺微笑說。
「好餓喔。」男孩嘆氣。
晴爺爺伸手到袖子裡，不過這次不是拿出符咒。
「替你留了個山貓子兒。」他把三明治遞給男孩。
啊，味道眞好。

男孩坐在草原中的大石頭上，看著夕陽，嚼起三明治。
昨天，我就是在這樣的黃昏裡，跑上山來的。他想。
那時候還下著陽光雨呢，陽光是金黃色的，雨絲是金黃色的。
山是墨綠色的。
山邊小路上，彎彎一道小彩虹，是七彩的。
山路邊，一臉悲傷，蹲著淋雨的老頭子，臉色是蒼白的。
那個老頭子……不，應該說，那個鬼爺爺，現在不知道好不好？
「我很好哇。」
草浪中，一個半透明的身影轉過身來。是昨天一起上山的鬼爺爺。
「謝謝你帶我來這裡，」鬼爺爺笑著。「風景眞好。」
男孩仔細一看，才發現草原上有許多透明鬼魂，老老少少、三三兩兩的，站著看夕陽。
「有身體的，早上吃飽就去睡了。」晴爺爺躺下來，翹著腳說。「七天後再餵一次就行了。沒身體的，剛死不久的，喜歡看風景。」
風中的鬼魂們，隨著風搖搖擺擺，眼中充滿了茫然的眼神。
「有些人，還不太知道到底發生了什麼事。有些還懷念著親人。」晴爺爺說。
「因爲親人也還在懷念他們。」男孩低頭說。

鬼魂們都回頭看他。

「他們對別人的心情很敏感的，」晴爺爺說：「別人的關心和憤怒，都可以感覺得很清楚。」

鬼魂們向男孩點點頭，又回頭，繼續看夕陽。

「這個小侍郎，好心腸……」

「這個小侍郎，我喜歡……」

「噓……小聲點，別讓他聽到。」

細細碎碎、吱吱喳喳的聲音，在耳邊流竄著，說話的卻不是那些沉默的鬼魂。聲音忽高忽低、忽遠忽近，倒像是來自草原上飛舞的螢火蟲。

「你聽到了？」晴爺爺用腳趾頭指了指那些螢火蟲：「那些精靈說的話，聽了眞舒服？是不是？」

精靈？

果然，仔細一看，就可以發現那些閃爍的光點貼近地面飛舞時，會變成光溜溜的小孩兒，在草叢裡玩耍跳躍，然後一翻滾，又化成光點。

「那些善變的精靈，」晴爺爺打起呵欠。「很討厭。」

「是嗎？我看他們很可愛啊。」男孩吃下三明治，覺得精神好多了。

精靈們飛過來、跑過去的，吱吱喳喳個不停。

「你們看，新來的小侍郎好帥……」
「嘻嘻……聽說法力也不低……」
男孩笑了出來，這些精靈嘴巴真甜。
晴爺爺斜眼瞄他一眼。
「怎麼了?」男孩問。
「沒什麼。」老爺爺從袖子裡掏出他私藏的最後一瓶橘子汽水，咕嚕咕嚕喝一大口，抹抹嘴說：「既然大家都認定你是小侍郎，那最後一個任務，就簡單一點好了。」
「晴爺爺，你儘管說吧，」男孩仰頭笑著說：「我一定辦到。」
晴爺爺又斜眼瞄他一眼。
心地再好，一得意起來，也不妙。
他想了想，然後坐起身來，把汽水遞給男孩，指著山腳下說：
「喏!你的第三個任務來了。」
男孩一看，喝下去的一口汽水差點嗆出來。
山腳下，濃密的森林裡，一條巨大無比的大蜈蚣，扭著身軀，沿著山路，快速的爬上山來。
「那是……」

「送貨郎來了！」

15 疑神疑鬼的綠面書生

山腳下，山路上，來了個老公公。

老公公，一張臉，紅通通，背上背著個少年郎，仔細看，是個綠面書生。

「哎呀！」路過的行人都議論紛紛：「這年輕人，真不孝順。」

「不不不，是那老公公，把孫子寵得太過分。」

「不不不，是那少年郎病得臉發綠，所以才爺背孫。」

幾位下山的樵夫，指指點點走過他們身旁。

老公公和書生，笑了笑，沒吭聲。

一直到路上只剩下他們兩人，書生才淡淡說：「沒人啦，趕路吧。」

老公公頭一低，化成一條大蜈蚣，又大，又紅。書生悠悠哉哉騎在蜈蚣的硬甲殼背上，拿著扇子搧風。

蜈蚣的一隻隻細腳動了起來，身體彎彎曲曲的往山上爬去。

沒多久，就到了莫怪樓。

「這是……送貨郎？」小男孩張著大眼，看著大蜈蚣在草原中奔馳而來，來到了面前時，卻是一位老公公。

書生一翻身，從老公公背上跳下來，往晴爺爺面前一抱拳，說：「參見晴大人。」

「免禮了，」晴爺爺笑咪咪爲男孩介紹：「這位是唐先生，那位是吳公公。」男孩學著樣兒抱拳一鞠躬。

書生半瞇著眼，下巴尖，嘴脣薄，要笑不笑，微微一點頭，眼睛卻看著晴爺爺，好像在問：「這孩子？能信得過？」

晴爺爺哈哈大笑，搭著男孩肩膀。「這位是新的小侍郎候選人，只差一個任務，就可以新官上任。」

男孩抿著嘴，微笑著。

草叢裡的精靈們，這時候又開始灌迷湯。

「可別小看這位小侍郎，他本領可是一等強……」

「從古到今，沒見過這種好心腸……」

男孩噗嗤笑了出來。

綠面書生卻勃然大怒說：「你笑什麼？」

男孩一愣，指著唐先生背後的草叢。「我是笑他們……」

「誰？」唐先生猛回頭。「有埋伏？」

唐先生又驚又恐的樣子，讓男孩笑不出來了。

晴爺爺搖搖頭。「天底下，再也沒有比這位唐先生更疑神疑鬼的了。」

「晴大人，你也取笑我？」唐先生咬著嘴脣說。

「我不是笑你，我是笑『一朝被蛇咬，十年怕草繩』，這句老話還眞不錯啊。」

「咬我的又不是蛇。」

「我知道。」晴爺爺轉頭對男孩解釋說：「這位唐先生，以前曾經遭人從背後偷襲，還因此失去了一條腿，從此以後，總是擔心背後有刺客。」

男孩看看書生，兩條腿好好的呀。

怪事眞多。

「我訂的貨物，都送來了嗎？」晴爺爺問。

唐先生點點頭，指了指吳公公。「他帶著，咱們一手交錢，一手交貨。」

「哎呀，別老是錢啊錢的，談錢多傷感情。」晴爺爺抓著後腦杓笑，一邊低頭在小男孩耳邊說：「怎麼辦，咱們錢不夠。」

男孩張大了眼。「晴爺爺！」

「別嚷嚷。朝廷最近給鬼部的預算太少，鬼卻太多。」

「那怎麼辦？」

晴爺爺向他眨眨眼。「看你的嘍。」

「不會吧？」

「沒錯。你跟他殺價，只要殺到半價，你就能當小侍郎。」晴爺爺笑說：「這就是第三個任務。」

男孩看著眼前那位不懷好意的綠臉怪人，不知所措。

「你不是本領一等強嗎？小侍郎？」晴爺爺還消遣他。

「晴大人！」唐先生說：「天色不早了，請您先看看貨品合不合意。」

唐先生使個眼色，吳公公頭一低，就變成大蜈蚣，然後好像小火車打開一節車廂似的，打開一節鐵甲殼，唐先生彎腰到鐵殼裡取貨。

「咦，」男孩歪頭想：「他背上是什麼？」

唐先生背上，貼著一張符咒。

是誰惡作劇呀？還是，唐先生被下了咒？

男孩往前一步，想伸手，又猶豫了一下。

我幹麼多管閒事。

可是，人家不都說我是好心的小侍郎？如果他被下了咒，我就應該幫他撕下來，也算是幫他一個忙。

說不定他會感激我，為了報答我，給我們打個折？

這麼一想，男孩就伸出手去，正要撕下符咒，唐先生轉過身來，伸出一把綠色大鐮刀，擱在男孩脖子上。

「唐郎！」晴爺爺急喊：「住手！」

唐先生眼睛發光，這時的他，已經變成一隻鮮綠色的巨大螳螂。

「我最討厭人家從背後偷襲我了。」他說。

16 唐郎和吳公

姓唐的送貨郎，原來是一隻大螳螂。

「晴爺爺，我每個月都按時給你送貨，爲什麼要派人暗算我？」

「我可沒……」晴爺爺聳聳肩，問男孩：「喂！我只是叫你跟他殺個價，如果成功就讓你當小侍郎，你幹麼暗算他？」

「我又不是要暗算他！」男孩喊。

「你承認就好。」晴爺爺說。

「我沒有承認！」

「你知道錯了就好。」

「我沒有錯！」

眞是氣死人，晴爺爺怎麼還瘋瘋癲癲。

唐郎的鐮刀手，架在男孩脖子上，幾乎要劃出一道血痕。

「難道你爲了要當小侍郎，不擇手段？」唐郎咬牙切齒說：「你知道你殺不了我的價，就想殺了我？」

這是什麼話嘛！

「你自己看看你背上，有沒有一張符咒？」男孩喊著：「我只是想幫你把它撕下來而已。」

「有嗎？」唐郎問吳公。

大蜈蚣搖搖頭。剛剛符咒是貼在衣服背後，唐郎變成螳螂後，符咒已經無影無蹤。

「還敢騙我！」唐郎更氣了。

「晴爺爺，你說句公道話呀！」男孩急著喊。

「他沒撒謊，剛剛是有張符沒錯。」晴爺爺說。

男孩鬆了口氣。

「不過，暗算別人還是不對的。我看這樣吧，你們倆好好打一架，打出個勝負好了。」晴爺爺說。

唉。這個怪老頭，到底在幫誰呀。

「你先把鐮刀拿開。」晴爺爺對唐郎說：「你們倆公平、公正、公開的比劃幾招，免得人家說你欺負小孩子。輸的人呢，必須把要賣的東西打個折扣。」

「你這樣說，好像一定是我輸似的。」唐郎沒好氣的說。「那如果是他輸了呢？」

「如果他輸了，你就原價賣給我，不用打折了。」晴爺爺補充。

唐郎本來就腦袋不怎麼靈光，又正在氣頭上，想來想去，卻沒發現自己不管輸贏都沒占到便宜，也就答應了，放開了小男孩。

「來吧！」唐郎揮舞著兩把大鐮刀。

「等等！」晴爺爺說：「你有兩把刀，他沒有武器，不公平，這樣就不符合公平、公正、公開的原則了，嘿嘿。」

晴爺爺彎腰到蜈蚣的「貨倉」裡，東翻翻，西找找。

「我記得我訂購了一樣特別的東西……」晴爺爺說：「啊，有了，幻影劍！」

晴爺爺拎出一把劍來，很帥氣的一把古劍。不過，一拔劍，卻只有短短一截劍柄，沒劍刃。劍鞘上吊著張小木牌兒。

晴爺爺把劍和吊牌都交給小男孩。

「這年頭，說明書上的字都愈來愈小。你念念。」

於是，男孩把說明書念出來：

劍隨意走

想什麼，就是什麼
合轍押韻
說哪個，就變哪個

背面還有一行小字：

本劍特別適合詩人使用，請說出四句詩句，長短不拘，押韻即可，只要在最後一句提出要求，就能變化出所要的武器，厲害吧？可惜有效時間只有一分鐘。而且變過的東西，就不能再變啦。其他功能請自行發掘使用。

「這是什麼怪劍？」男孩握著劍柄，打量著。

「喏，還有這個。」晴爺爺從貨倉裡拿出一件披風，給男孩披上。

「這披風，刀槍不入。有了它，我就不擔心你啦。」

「謝謝……」

晴爺爺微笑著，看著男孩，拍拍他肩膀。「多保重。沒問題吧？」

「有，這把劍到底怎麼用？」

「沒問題就開打吧。」晴爺爺一揮手，唐郎就揮舞著鐮刀衝了過來。

「等一下……」
刷！唐郎的鐮刀手斜劈下來。
哇！男孩嚇得大叫一聲，滾到地上，閃了開。
「好！」晴爺爺大聲鼓掌：「閃得好！」
「加油加油！小侍郎！」草原上的精靈們都爲男孩吶喊。
男孩東躲西閃，唐郎個子雖然大，速度雖然快，但仔細一瞧，他只有五條腿，少了一隻腳，一跛一跛，沒有男孩靈活。
「小侍郎！你眞棒！」精靈們喊。
我眞的那麼棒嗎？
啪！一分心，男孩被鐮刀打在肩上，雖然有披風擋著，還是好疼。
「小侍郎！別讓他！」精靈們喊。
可惡，這些精靈，眞吵。
啪！屁股又挨了一記。
「小侍郎！快反攻！」
我也想反攻呀，可是這把怪劍到底要怎麼用。男孩手握劍柄，一邊閃，一邊想。
押韻、押韻……讓我試試。

男孩隨口喊出：

「莫怪樓，

怪老頭，

眞囉唆，

給我一把……一把……」

一把什麼武器好呢？想不出來了。

「有了！」在旁邊觀戰的晴爺爺說：「一把紅蘿蔔！」

咻！男孩手中的劍柄上，長出一根紅蘿蔔。

17 閃電劍，發射！

莫怪樓前的草原上，男孩手握「蘿蔔劍」，被大螳螂追得團團轉。刷！鐮刀砍來，男孩舉劍一擋，紅蘿蔔就斷成兩截。

「晴爺爺，拜託你不要搗亂！」男孩一邊逃命一邊喊。

「我是在幫你。」晴爺爺說：「紅蘿蔔和眞囉唆不是押韻嗎？」

「可是一把紅蘿蔔有什麼用！」男孩一低頭，咻，鐮刀手從頭頂劃過。

「這麼說來，」晴爺爺想了想，說：「應該要先想出需要什麼樣的武器，再來考慮怎麼押韻。」

這話倒是沒錯。男孩想著。咻，鐮刀從耳邊掃過。

什麼武器好呢？

男孩奔跑著，翻滾著，專心想著……想著……耳邊的風聲、腳步聲、精靈啦啦隊的吶喊聲，突然都聽不到了。

他想起了他妹妹。

「妹！快回來！」

妹妹的功課才做一半，就溜到院子裡的小花園去，跑呀跳的。

「妹！小心跌跤！」

負責教妹妹做功課的哥哥，追著她跑，又氣又好笑。這皮蛋，野女孩，哪個女生像她這樣靜不下來？

「哥！我們來比劍！」妹妹從地上撿起一根樹枝，揮舞著衝向哥哥，男孩只好順手拿起掃把抵抗。

「看劍！」妹妹吶喊。

「接招！」哥哥喊。

「你們兩個！快回去把功課做完！」媽媽過來把兩位大俠趕進屋裡。

而就算在書桌上，兄妹倆還是拿著原子筆在桌面上比劃、過招。

「看我的閃電劍！」妹妹喊。

「看我的雷霆刀！」哥哥喊。

兩個孩子，手上沾滿墨水。

「閃電劍，發射！」妹妹把筆朝哥哥一扔。

漏水的原子筆，墨水飛灑開來。

兄妹倆，互相看著對方花花綠綠的臉孔，大笑起來，完全不知道媽媽就扠著腰，站在他們背後。

回想著往事，男孩笑了出來。

「笑什麼？」唐郎氣得猛揮鐮刀。

男孩沒回答，一邊閃躲，一邊心裡盤算著，有哪些字可以和「電」字押韻？現、千、遠、念、邊、圓、間、面、前……

「有了！」男孩大喊：

「莫怪樓邊，

草原中間，

唐郎面前，

變成閃電！」

劈里啪啦！男孩手上的劍柄射出耀眼的藍光，變成一把閃電劍。

嘩！男孩目瞪口呆。要是妹妹在的話，一定會高興死了。

為了妹妹，衝啊！

男孩揮劍衝上前去，唐郎舉起鐮刀手正要抵擋，劍到面前時，卻覺得熱不可當，那把劍好像比燒紅的鐵還燙！唐郎不敢用手去擋劍，只好往地上一滾，閃了開來。

這下子，輪到唐郎東躲西閃了。

眼看追不到唐郎，而一分鐘就快要到了，男孩急著大喊：「閃電劍，發射！」

男孩一揮劍，就有股閃電朝唐郎射去，唐郎嚇一大跳，差點被閃電擊中。

男孩並不想真的傷害唐郎，只是希望他趕快投降，於是追著唐郎，在他身邊東一發、西一發，不斷的發射閃電，閃電擊中草叢時，都燃燒起來。

唐郎繞著男孩跑，很快的，草原上形成一個大火圈。

糟糕的是，男孩和唐郎，就在火圈中間。

「糟了。」晴爺爺睜大了眼。「沒想到會變成這樣！」

火圈愈縮愈小，男孩和唐郎停止打鬥，看著包圍他們的火圈，往面前逼近。

「你會飛嗎？」男孩問。

「不會。」唐郎滿頭大汗。「快想想辦法。」

四周都是火海，只能往上逃了，有什麼東西可以往上升高？

金箍棒？

好吧，試試看。
棒？……長、忙、當、光、王、郎、場……
有了！

「爲了救唐郎，
孫悟空出場，
快請海龍王，
給我金箍棒！」

男孩喊完，手裡的劍柄，變成一把閃亮的金箍棒。
「金箍棒變長！」男孩大喊，金箍棒馬上伸長，往天空直伸而上，男孩手握金箍棒，向唐郎喊：「跳上去！」
唐郎往上一跳，抓住金箍棒，好像抓住雲梯一般，高高升起，愈來愈高，男孩在地上抬頭一看高度已經足夠，就讓金箍棒倒下來，唐郎順勢飛越而下，落地時，已經是在火圈外面了。
「得救了。」唐郎氣喘吁吁說：「可是他……」
回頭一看，男孩卻還被熊熊烈火包圍著。金箍棒已經消失，因爲一分鐘已過。

只聽見火圈裡傳來的聲音：

「有勇無謀，

快被烤熟，

誰能救我……」

然後，安靜了一會兒。

男孩大喊：「自來水龍頭！」

接著，嘩啦啦的水聲，壓過了熊熊燃燒聲，一股水流泉湧而出，很快就澆熄了大火。

只見男孩手裡的劍柄，像水龍頭似的噴出水柱。

「累死我了！」男孩鬆了口氣，接著就倒地不起了。

18 我妹妹

妹妹，世界上眞的有閃電劍耶。

男孩躺在地上喘氣，臉上布滿了淚水。

因爲他終於想起來了，想起了妹妹，媽媽、爸爸、他的家……

那是一個美麗的家，在一個忙碌的大城市裡。

那個城市，雖然空氣有點汙染，交通有些擁擠，人們都很忙碌，走路的腳步都很快速，但是仍然是一個美麗的城市。

因爲我家就住在那裡。男孩想。

在城市的角落，有一棟平凡的公寓，雖然牆上都是墨綠色的苔蘚，油漆都斑駁了，但仍然是一棟可愛的公寓。

因爲我家就在那裡。

每天，他們在這個家裡忙進忙出，忙著上學、上班，忙著買菜、吃飯，忙著笑，忙著鬧，忙著澆花種草。

他們住在一樓，所以有個院子，就像一個小花園，對男孩和妹妹來說，那是一個又美麗，又神祕的地方，在花園的角落，在那種滿美麗的花朵、盆栽的最深處，彷彿藏著什麼……

「我們去探險！」好幾次，妹妹都拉著他的手，撥開那些茂盛的綠葉子，想要走到花叢的最深處，每次都半途而廢。

「好可怕，會不會有鬼？」妹妹大叫一聲，然後就笑著逃進屋裡。

他們跑回屋裡，吃媽媽做的餅乾和小點心，看著陽光照在美麗的桌布上，說說笑笑，想趕快把「有鬼」的可怕感覺給忘記。

「兩個傻孩子。」媽媽每次都這麼說。

然後他們又忙著上學、上班、買菜、吃飯、笑啊鬧的。

當一切都是那麼正常，那麼美好的時候，誰也想不到，所有的一切，會因爲一件小小的事情，全部改變。

一個平凡的夏天午後，一隻平凡的蟬停在院子裡的小樹上。

「我們去把牠捉下來？」妹妹說。

「不要啦。」哥哥說。「牠又沒惹你。」

「管他的。」妹妹脫下鞋子，爬上樹去。「抓到了！」

腳一滑，妹妹摔了下來。

「妹！」

妹妹躺在地上，動也不動。

男孩靠近一看，妹妹就笑了，跳了起來。

「哈哈！你緊張什麼？」妹妹手裡握著蟬，高興的轉圈圈，又用線綁在蟬的腳上，拎著線，繼續甩著蟬轉圈圈。「你猜蟬會不會頭暈？」

「不要這樣啦。」哥哥皺眉頭。「不要欺負牠啦。」

「管他的。」

轉著轉著，蟬飛了出去，撞到牆上。妹妹手裡的線，只留下蟬的一隻腳。

「啊！糟糕。」妹妹跑去把牠撿起來。「還好，還活著。」

「把牠放了啦！」哥哥生氣了。

「好啦好啦。」

妹妹又爬上樹，把蟬放回樹枝上。「拜拜！」她跟蟬說再見，要爬下來的時候，一腳踏空，摔了下來。

砰！

妹妹躺在地上，動也不動。

「喂！你這傢伙！」哥哥喊。

妹妹還是一動也不動。

「你很煩耶！」他瞪著妹妹。

妹妹還是一動也不動。

哥哥蹲下一看，發現妹妹的額頭邊，撞在石頭的尖角上。

整個世界好像突然都變得蒼白了。

又安靜，又蒼白。

男孩呆呆的看著衝過來的媽媽，就連媽媽的尖叫聲也聽不到了。

好多蒼白的日子過去以後，當爸媽紅腫的眼睛，不再總是盈滿淚水，當所有該舉行的儀式，都做過以後，世界好像開始又恢復了一點色彩，但是還是一樣很安靜，因爲這個少了一個人的家，再也沒有笑聲了。

有一天，男孩獨自走進花園，看著花園那個神祕的角落，那個擺滿了盆栽的花叢深處。

一種神祕的感覺，吸引著男孩撥開茂盛的葉片，走了進去。

在黑暗的深處，妹妹的臉孔冒了出來。

「哥！」妹妹笑著說：「我跟你說，這裡面沒有鬼啦！」

男孩張大了眼睛。過了好一會兒，才有辦法說話。

「你就是鬼啊。」男孩說。

妹妹也張大了眼睛。「哥，你別嚇我。」

「喂，你要在這裡躺到什麼時候！」

這是晴爺爺的聲音。

男孩張開眼睛，看著夕陽餘暉，看著晴爺爺的臉孔，心裡一酸，忍不住嚎啕大哭起來。

「喂，」晴爺爺張大眼睛：「你別嚇我。」

19 江湖上少有人知的往事

晴爺爺蹲下來，撩起他的大袖子，幫男孩擦眼淚，說：「哭什麼？你打贏了呀。」

「可是我妹妹死了。」男孩哭著說。

晴爺爺和唐郎面面相覷。

「他在說什麼？」唐郎問。

「可能是剛剛火勢太大，把腦袋燒壞了。」晴爺爺說：「都是爲了你，本來他可以自己逃命的，就爲了救你，把腦筋燒得錯亂了，以後怎麼當鬼部侍郎？你非賠我不可。」

唐郎低下頭。

「好吧，那這次我給你打個折好了。」唐郎說。

「眞的？」晴爺爺喜出望外，用腳踢了踢躺在地上的男孩。「你聽到沒有，他答應打折了，你可以起來了，不用再演了。」

男孩抹掉淚水，掙扎著站起身來。

「唐先生，那這一次，你就三折便宜賣給我們。」男孩說。

「三折？你眞的瘋了！」唐郎揮舞著大鐮刀，「那我不就白跑一趟，什麼也沒賺到？最多只能給你七折。」

「那四折好了。」男孩說：「我恐怕下半輩子都要靠晴爺爺照顧了。」

「不可能。我再讓一點。六折！愛買不買！」

「五折啦，」男孩哀求說：「莫怪樓和你做了這麼久的生意了，這次就算是半價大優惠嘛。這叫放長線釣大魚，生意這樣才能做得久啊，我媽常說，吃虧就是占便宜……」

「我看他腦筋一點也沒壞。」唐郎指著男孩，對晴爺爺說。「比我還聰明！」

這世界上比你聰明的可多了。晴爺爺笑咪咪的想。

「這樣吧。我也不是笨蛋，怎麼能這麼輕易就給你半價大優惠。」唐郎對男孩冷笑道：「讓我考你一個難題，答得出來，就照你的意思。」

「你說。」男孩一張臉烏漆抹黑，眼睛卻炯炯有神。

「好，請你告訴我，當年躲在背後偷襲我，還咬掉我一條腿，害我從此一輩子都疑神疑鬼的，是誰？」唐郎胸有成竹的說。這種問題，保證讓這小鬼知難而退。

「給我一點提示。」男孩眼睛還是炯炯有神。

「當時，我正盯著一隻大蟬，準備抓來當午餐。」

一句成語閃過男孩心頭。

「我知道了，」男孩說：「在你背後的，應該是一隻大黃雀吧？」

唐郎嚇得倒退一步。

「你怎麼知道？這事我很少對別人說的。」

「螳螂捕蟬，黃雀在後。這句話很有名的。」

「胡說！哪有這句話。一定是晴大人偷偷告訴你。」

「疑神疑鬼。」晴爺爺搖頭。

「反正這題不算，我再考考你，這也是江湖上少有人知的一段往事——從前從前，大鷸鳥和蚌殼精，進行了一次決鬥，你猜，誰獲勝了？」唐郎說。

「漁翁。」男孩說。

唐郎啞口無言了。

「這孩子對江湖上的大小事情都很了解，」最後，唐郎才點頭說：「讓他當小侍郎，我沒話說。」

「唐先生，不是我懂得多，是你們的這些故事，後來都變成了成語，所以我在書裡都讀過。」男孩說。

「後來？」

「我是從千年後的世界來的。」男孩說，炯炯有神的看著晴爺爺：「我想起來了。」

晴爺爺和唐郎面面相覷。

「他在說什麼？」唐郎問。

「可能是剛剛火勢太大，把腦袋燒壞了。」晴爺爺說。

20 傷心的鬼故事

黃昏的草原上，最後一抹夕陽，陪伴著男孩和晴爺爺，等著他們把一簍一簍的食物，一盒一盒的符咒，和各式各樣的日常用品，從大蜈蚣的貨倉裡搬出來，搬進莫怪樓裡，黑夜才降臨。

唐郎先生獨自一人坐在大石頭上，一邊撥算盤，一邊生悶氣。他已經回復成書生的樣子了。

搬完貨，收了銀子，唐郎和吳公向晴爺爺一作揖，領了兩把房間鑰匙，就各自上樓休息去了。

草原上的鬼魂們，也默默的跟著晴爺爺和男孩，走回莫怪樓。

「咚咚咚，喝茶嘍。」屋簷下的鬼大鼓輕聲說。

寬敞的大殿裡，光滑的木頭地板映著月光，窗外吹來清風。一些比較害羞的鬼魂，靜靜的飄上樓去，回房休息。另外一些，靜靜的坐了下來，坐在地板上吹風。

晴爺爺下樓來了，一手提著茶壺，一手挽著小侍郎的制服。他把折得方方正正的衣服放在男孩面前，微微一笑說：「恭喜你，大晴國鬼部侍郎。」

「謝謝，晴爺爺。」男孩坐在地板上，茫茫然說。

鬼魂們都回頭，向他微笑著。

「以後，可憐的孤魂野鬼們，就要拜託你照顧了。」老爺爺在每個鬼面前倒了一小杯茶，也給了男孩一杯茶。

「我妹妹，」男孩說：「她也變成鬼了。」

晴爺爺在他身邊坐下來。「發生了什麼事，跟我說。」

男孩慢慢把他的故事，講了一遍。

「我和爸爸、媽媽、妹妹住在一個有院子的房子裡……」男孩說，一直說到妹妹死去後，他們有多傷心。

鬼魂們靜靜聽著，心頭酸了起來，想到自己的身世。

「後來，妹妹出現在花園裡，把我嚇一跳。」男孩繼續說：「剛開始，她不相信自己死了，每天都回來找我玩，還常常抱怨爸媽都不理她。其實是因爲他們看不見她。一直到有一天，她在鏡子裡看不見自己，在地上找不到自己的影子，她才哭了起來。」

鬼魂們點點頭，紅了透明的眼眶。

「妹妹知道自己死了，可是不肯離開我們，每天都要我陪她玩以前的遊戲，跳繩的時候，她可以跳得像月亮那麼高，賽跑的時候，她跑到牆邊不用停下來，直接就穿過牆去。雖然玩的時候很開心，但是妹妹還是常常露出傷心的表情，尤其是看到爸媽對著她的照片發呆的時候，她就會難過得用手蒙著臉飛走。

她很後悔去抓那隻蟬，害牠斷了一隻腳，每次想到就會問我：『牠是不是很痛？』

她很怕陽光，每天都到黃昏才敢出來。她也會餓，很想再吃媽媽做的菜，可是怎麼樣也吃不到。她很孤單，因為除了我，沒有人陪她說話，陪她玩。

她不知道該做什麼，該去哪裡，以後怎麼辦，每天她都變得愈來愈傷心、愈來愈慌張。

原來當鬼這麼可憐。

我以前很怕鬼，看到妹妹那樣，才知道鬼那麼可憐，後來我就不怕了。

有一天晚上，她要我帶她回學校去看一看。她坐在以前最喜歡的秋千旁邊，跟我說：『哥，我不要死，我要回到從前。』

這時候天空像閃電一樣亮了一下，一張紙飄到妹妹面前，妹妹伸手一抓，紙就燒掉了，妹妹大叫一聲，打開手掌一看，上面有一個黑字，寫著『來』！

然後，黑漆漆的操場上，突然出現好多人影，好像是一隊大軍，還有好多軍旗，軍旗上有著『晴』字，一個穿著盔甲的大將軍向妹妹走過來，說：『來吧，我帶你回到從前的世界。』

『不要！』妹妹嚇得大叫。

大將軍伸出手來，拉住妹妹。

然後，升旗台邊的大燈突然亮了起來，有一個老先生一邊跑過來，一邊喊：

『是誰這麼晚還在這裡胡鬧！』

老先生扔出一架紙飛機，大將軍一回頭，紙飛機就擊中他額頭。大將軍大叫一聲，揮揮手，和軍隊一起全部消失了。

等那個老先生走到我們面前，我才看出來，他是我們學校的校工爺爺。他對我們說：『喂！還不快回家去，你們兩個！』」

「哦？」晴爺爺聽得入迷，張大了眼睛。「那後來呢？」

「後來……」男孩閉上眼，讓回憶更清晰，往事好像一幕幕電影，開始在腦海中發光上映。

21 被遺忘的朝代

鬼大軍消失在星空中，黑漆漆的小學操場上，小男孩和小女鬼，抬頭望著老人。

「你看得到我？」鬼妹妹說。

老校工點頭，慈祥的說：「快回家去，躲好，小心點，別被抓走了。」

他對男孩扮了個鬼臉，伸手接住那架兜了一圈飛回來的紙飛機，轉身走回他的校工室去了。

男孩和妹妹，又奇怪，又害怕，趕快跑回家。

接下來幾天，妹妹都躲在院子裡的花叢中，不敢出去，一想到那個可怕的鬼將軍，就嚇得發抖。

她發現，手掌上那個焦黑的字跡，愈來愈清晰了……

「來吧……」她彷彿聽到恐怖的鬼將軍在耳邊說：「來吧……」

「你要帶我去哪裡？」

「去一個鬼的國度……所有的鬼都要到那兒去……」

「不要！」妹妹摀住耳朵。

第七天的晚餐時刻，妹妹在院子裡，臉貼著紗窗，向餐桌上的哥哥喊：「哥！他們要來抓我了！」

男孩丟下筷子，衝進院子裡。

妹妹攤開手掌，上面的字跡冒著黑煙，飄上天空。

「他們要來了，」妹妹發抖著說：「我可以感覺到。」

天空閃著光。

男孩手伸進口袋，掏出五個銅板、三顆彈珠、公車票，還有一張皺皺的紙。

他把紙攤開。

「那是什麼？」妹妹問。

「一張符。」男孩說：「校工爺爺給我的。」

幾天前，一個午休時間，男孩偷偷跑進校工室。

「校工爺爺，」男孩站在門口，鼓起勇氣輕聲喊。

「哈囉。」校工爺爺站在木梯子上，正在修理牆上的一個老時鐘。

「那天……那天在操場上，那些鬼，還有那個大將軍……」

「很可怕對不對？哈哈哈！」校工爺爺的笑聲宏亮得像鐘聲。

「他們是哪裡來的？」

「晴朝。」老校工說：「他們是晴朝的鬼軍隊。」

喀答，螺絲起子掉了下來，男孩幫忙撿起來，遞給老爺爺說：「秦朝？那麼早以前啊？」

「不是秦始皇的秦，是晴天的晴，晴朝。」

男孩歪歪頭，他也算是愛讀書的孩子，卻從來沒聽說歷史上有這個朝代。

校工爺爺爬下梯子，從書架上，抽出一本歷史課本。「這裡面都有記載。」

男孩接過書來，翻了又翻。「哪有？這本我讀過啊。」

「要先這樣。」校工爺爺雙手合掌，開始祈禱。

牆上剛修好的大時鐘噹噹響了起來。

老爺爺微微一笑，拇指沾沾口水，翻開那本平凡的歷史課本，翻開了全新的一頁。

「哇！真的耶！」男孩張大了眼睛，看著那從來沒有人翻開的一頁，上面圖文並茂的記載著晴朝的歷史。

「晴朝是一個鬼特別多的朝代，」老校工說：「現在的人，大部分都怕鬼，所以大家都害怕回想起這個朝代，久而久之，這個朝代就被遺忘了，變成歷史課本裡被遺忘的一頁，好像被符咒封住一樣，只有一些特別的人才看得到。」

「特別的人？」

「就是特別有愛心的人。這種人不怕鬼，他們甚至連符咒都不怕。好心腸可以讓很多符咒失效的。」

「符咒？」

「那是一種古代的魔法，我教你一兩招吧，如果鬼將軍眞的又來了，你可以對抗他。」老校工扶了扶眼鏡說：「孩子，你要好好學，別枉費我一番苦心，跑這麼遠來教你。」

「跑這麼遠來教我？」男孩歪著頭。「我以前又不認識你。」

「以後你就知道了。」

這老爺爺說的話眞怪。

「不要覺得奇怪。」校工爺爺說，一邊從袖子裡抽出一張符咒。「聽好了，這符咒是這樣用的……」

這一天，校工爺爺把符咒的用法，大晴國的歷史，和好多稀奇古怪的、關於鬼魂的知識都傳授給他。

黃昏的院子裡，男孩知道這是開始施展古代魔法的時候了。
「這張符咒是這樣用的。」男孩跟妹妹說，他把符咒攤開，符咒上畫著一個可愛的中國娃娃，還有一個「去」字。男孩對著符咒喊：

「去吧去吧小娃娃，
聽呀聽呀聽我話！」

符咒上的小娃娃坐起身來，笑嘻嘻說：「我是去吧小娃娃，請問你要去哪？」
男孩說：「去吧小娃娃，請你等一下。」
妹妹尖叫了起來，不是因爲看到小娃娃活了過來開口說話，而是因爲手掌上的「來」字，冒著黑煙，逐漸黑煙也變成了一個娃娃的形狀，不過，是個男娃娃。
「來吧來吧跟我來，聽話聽話乖小孩。」男娃娃說。「我是來吧小娃娃。」
這時天空閃著電光，一隊黑色大軍，飄著軍旗，由大將軍帶領著，從天空降下來，穿越黑暗的公寓住宅區巷子，來到男孩家院子門口。
大將軍坐在牆頭，向妹妹伸出手。
「來吧。」大將軍充滿自信的說。
忽然，他頭一歪。「咦？那是什麼？」

「我是去吧小娃娃，請問你要去哪？」男孩符咒上的娃娃笑嘻嘻說。

22 妹妹保衛戰

「去吧小娃娃？」鬼將軍的表情好驚訝。「你怎麼會出現在這裡？」

「去哪去哪要去哪？說呀說呀你快說呀！」去吧娃娃手扠腰說。

「哼，我才不會上當。我說話一押上『阿』字韻，就會被你給送走了。」鬼將軍說：「這麼珍貴的符咒，怎麼會落入這孩子手中？來人，把它搶下來。」

鬼士兵們正要一擁而上，男孩從另一邊口袋掏出一架紙飛機，把皺皺的飛機鼻子拉直，念著：

「好心好意，就飛不停，

不懷好意，厄運降臨。」

往空中一丟，紙飛機開始繞著兄妹倆飛了起來，不停的轉圈圈。

「妹，」哥哥牽著妹妹透明的手說：「現在開始，不能想害人的事，這樣我們就安全了。紙飛機只會攻擊壞心的人。」

鬼士兵們個個不懷好意，一靠近，就被紙飛機扎得哇哇叫，好像被電擊一般。

一時之間，沒有人可以接近兄妹倆。去吧娃娃又說了：「我是去吧小娃娃，到底去哪你快說呀！」

「你這囉唆的傢伙，」鬼將軍又急又氣。「滾一邊去吧！」

剛說完，鬼將軍就摀上嘴。他押到「阿」字韻了。

「主人一句話，娃娃必送達。」去吧娃娃拍手說：「現在就讓您，滾一邊去吧。」

娃娃手上拎著繡花小手帕，輕輕一揮，鬼將軍馬上就像被踢了一腳似的，飛滾到天邊去，消失在彩霞之中了。

「哇。」妹妹看得目瞪口呆。「眞厲害。」

其餘的鬼士兵，繞著兄妹倆團團轉，不知該怎麼辦。

「哥，」妹妹興奮的說：「你還有什麼更厲害的法術？趕快拿出來把這些妖怪都殺光光！」

紙飛機突然掉頭，朝妹妹飛了過來。

「怎麼會這樣！」妹妹尖叫。紙飛機扎了妹妹額頭一下，妹妹像觸電似的大叫一聲，跌倒在地。

糟糕，這下怎麼辦？男孩想不起怎麼讓飛機停下來。

「妹！快跑！」男孩大喊。

妹妹爬起來跑出院子。

紙飛機緊追在後。

由黑煙變成的來吧娃娃，牽著妹妹，在巷子裡奔跑。

「來來來，往這兒來。」來吧娃娃說。好像被催眠似的，妹妹身不由己的被牽往巷子的盡頭。

巷子的盡頭，停著一頂轎子。

「轎門開，坐上來。」來吧娃娃說。

「攔住她！」巷子的另一端，冒出一個人影，是校工爺爺，他擲出一張符咒，箭也似的飛過整條長巷子，擊落妹妹身後的紙飛機。

鬼士兵都回頭，把校工爺爺團團圍住。

老爺爺東躲西閃，試著突破重圍，眼看著妹妹直直的往轎子走，急得大喊：

「快攔住她！」

百忙之中，老爺爺又擲出一道符咒，箭也似的飛過整條長巷子，將牽著妹妹往前走、黑煙化成的「來吧娃娃」打散，消失無蹤。

可是妹妹卻好像醒不過來似的，停不下腳步，繼續往轎子走去。

「攔住她！」老爺爺又喊。

男孩張開手臂，攔住妹妹，妹妹卻穿過他身體，繼續往前走。

「用什麼符咒好呢？」男孩手忙腳亂的從口袋掏出一張符咒，揉成一團，丟到妹妹面前。

轟！妹妹面前出現一堵石牆。妹妹穿過牆，繼續朝轎子走。

男孩掏出另一張符咒，折成長條形，丟到妹妹面前。

轟！妹妹面前出現一條大河，妹妹涉水而過，繼續朝轎子走。

男孩掏出最後一張符咒，折成人形，丟到妹妹面前。

轟！妹妹面前出現爸媽。妹妹停下腳步了。

「媽咪！」她紅著眼睛。「把鼻。」

爸媽對著她微笑說：「回家去吧。」

這時候，轎子裡傳出蟬鳴。

妹妹張大眼睛，不由自主的穿過爸媽的幻影，走到轎子前面，掀開簾子。

裡面有一隻大蟬，一隻斷腳的大蟬。

「是你……」妹妹走進轎子裡。

大蟬的幻影消失了，簾子蓋上。

鬼士兵們蜂擁而來，抬起轎子，飛上天空。

老爺爺和男孩抬起頭，看著一面面軍旗在黑夜的星空中飄動。

「救她！」男孩大叫。

「來不及了，都怪我來得太晚。」老爺爺抓著後腦杓。「今天不該睡午覺的。」

「救我妹！」

「看來，你得跑一趟了。」

鬼轎子消失在天空中的白光裡，巷子裡恢復住宅區的平靜。

「回家去，帶一樣妹妹心愛的東西，到校工室來。」老爺爺對男孩說：「要快，不然就來不及了。」

男孩拔腿就跑，跑回妹妹房間。這段日子以來，爸媽都沒有收拾妹妹房間，讓妹妹的東西留在原處，好像她還活著一般。男孩背起妹妹的紅書包，正要往外衝，卻撞進媽媽的懷裡。

爸媽站在房門口。

他們看不見鬼魂，可是剛剛院子裡那一幕，紙飛機飛舞，和男孩奇怪的舉動，已經把他們嚇壞了。

「你要去哪裡？」媽媽喊著：「你想做什麼？」

「去救妹妹。」男孩說。

「別傻了，孩子。」媽媽滿臉淚痕。「妹妹不會再回來了……」

男孩掙脫媽媽的手，跑出家門。

黃昏的大城市裡，霓虹燈像魔法似的閃亮著，一幅幅廣告招牌，好像符咒上的神奇咒語，吸引著人群們來來去去。人們穿著光鮮亮麗的衣服，在五彩繽紛的櫥窗外流連，完全沒有注意到從身邊飛奔而過的小男孩。

穿梭的車流，投射出美麗炫目的燈光，卻沒有任何一個駕駛知道，這個穿越街道的男孩，心中的著急和憂傷。

穿越大街小巷，男孩飛奔進校園，氣喘吁吁，衝進校工室。

校工爺爺指著課本上的晴朝地圖。

「想要救妹妹，你必須到晴朝去一趟。這裡的時間會爲你保留著。」老爺爺說：「去吧！」

「怎麼去？」

「當然是用去吧娃娃。」

男孩拿出符咒，念道：「去吧去吧小娃娃，聽呀聽呀聽我話！」

「我是去吧小娃娃，請問你要去哪？」小娃娃坐起身來。

老爺爺在男孩耳邊吩咐了一句。

男孩照著念：「大晴國莫怪樓山腳下。」

「主人一句話，娃娃必送達。」去吧娃娃說：「不過這趟路有點遠，我需要準備一下。」

去吧娃娃拿出化妝盒兒，開始化起妝來。

校工爺爺把歷史課本放進男孩的書包裡。

「莫怪樓是大晴國鬼部，有特別的法術保護著，時空旅行沒辦法直接降落，所以只能送你到山下……」老爺爺一雙眼睛炯炯有神，認真叮嚀著：「剛到那裡，你會什麼都不記得，不過你只要記住，往山上一直跑一直跑，跑到莫怪樓去。就行了。」

「一直跑一直跑……」男孩喃喃說：「莫怪樓……」

「對，莫怪樓，那是一個鬼魂的庇護所，去找一個叫晴時雨的怪老頭幫忙，他講話瘋瘋癲癲的，不用太當眞。不過他是個好人。」

「莫怪樓……怪老頭……」

「對啦！快去，不然就來不及了。我們這裡十分鐘，晴朝就過了一天，你妹妹已經在晴朝待了兩三天了。」

老爺爺轉頭對去吧娃娃喊：「你好了沒呀？」

「好啦好啦，出門啦。」去吧娃娃笑嘻嘻的把化妝盒揣進懷裡，拿出繡花小手帕，開始跳起舞來。

「這是做什麼？」

「熱身啊。」

「你快點行不行？」老爺爺皺眉頭。

「這不就上路啦？」

去吧小娃娃拎著手帕，朝男孩輕輕一揮。

男孩覺得好像突然被扔進洗衣機裡，天旋地轉。

「啊，對了。」老爺爺急急忙忙從冰箱拿了一個三明治、一顆蘋果和一瓶橘子汽水，塞進男孩的紅書包裡。「把這些吃的帶著，你會用得上的。」

「莫怪樓……怪老頭……」男孩喃喃自語著：「他長什麼樣子啊？」

「就像這樣。」校工爺爺把眼鏡拿下來，笑著說。

可是男孩眼前一片模糊，只聽得見去吧娃娃起飛前的最後叮嚀。

「這是時光旅行，可能有點顛簸，想嘔吐的時候，我們並沒有提供嘔吐袋，哈哈，所以請您一定要忍住喔。」

接著，男孩眼前出現一千道彩虹。

接著，男孩自己也化成彩虹光，消失了。

千年前的這個黃昏，正好下著陽光雨。
溼淋淋的山路上，好像灑滿了亮晶晶的小碎鑽。
一汪汪小水潭裡，映照著一個個小夕陽。
背著書包的小男孩，幽靈似的出現在山坡上，看著這幅美麗的景象。

23

五元素與三賢臣

山明水秀，鳥語花香的大晴國，天亮了！

太陽從雲海中浮現，在每一片綠葉尖端的露珠上，點上金光。

深山中的莫怪樓，彷彿水墨畫裡隱居仙人的住處，又神祕，又飄逸……

可惜，突然響起的歌聲破壞了這一切。

「啊啊！人生多美好！

哈哈！好心有好報……」

莫怪樓前的大石頭上，怪老頭又在扯著嗓門，敲著木魚，唱著怪歌。

男孩揉著惺忪的睡眼，走了過來。

「晴爺爺早。」

「不早了，太陽都出來了。」晴爺爺說：「要當小侍郎，貪睡是不行的。你看我起得多早。」

「因爲你很早就睡了呀，昨天晚上我故事才講到一半，你就睡著了，還打呼打那麼大聲。」男孩說。

晴爺爺拿木魚棍兒敲了他一記。

「要當小侍郎，頂嘴是不行的。」晴爺爺說：「我晴時雨是何等人物，外表看起來雖然是睡著了，耳朵卻是醒的。」

「那我昨晚說了什麼？」

「你說你是從古時候來的。」

「錯！」男孩叫道：「從未來世界來的。」

「對對對。這可眞怪，未來世界，嘿嘿，多虧你編了一個這麼奇怪的故事。」老爺爺笑說。

「是眞的！」男孩大叫：「我幹麼編故事？我妹妹被抓到你們晴朝來了，你到底幫不幫我？」

「對了，我記得了，你還說有一支鬼大軍是不是？還有個『去吧小娃娃』？」晴爺爺搔搔頭。「最新一季符咒大全的目錄我都看過，沒聽說有什麼『去吧小娃娃』的。至於鬼大軍嘛，最近倒是有聽到一些傳言。」

「什麼傳言？」男孩豎起耳尖。

這時後，屋簷下的鬼大鼓響了起來。

「咚咚咚！你們早！」

三位蜥蜴小妖，穿著華麗的蜥蜴國官服，推開大門，走出樓來，見到晴爺爺，就跪倒在地。

「參見晴大人！」三小妖齊聲說：「大蜥國三賢臣，有急事稟告。」

「免禮，」晴爺爺笑說：「你們不是前天晚上就來了，怎麼現在才來參見？」

三小妖一拱手，輪流說：

「因爲昨兒個吃山貓子兒吃得太飽。」

「所以睡了一整天。」

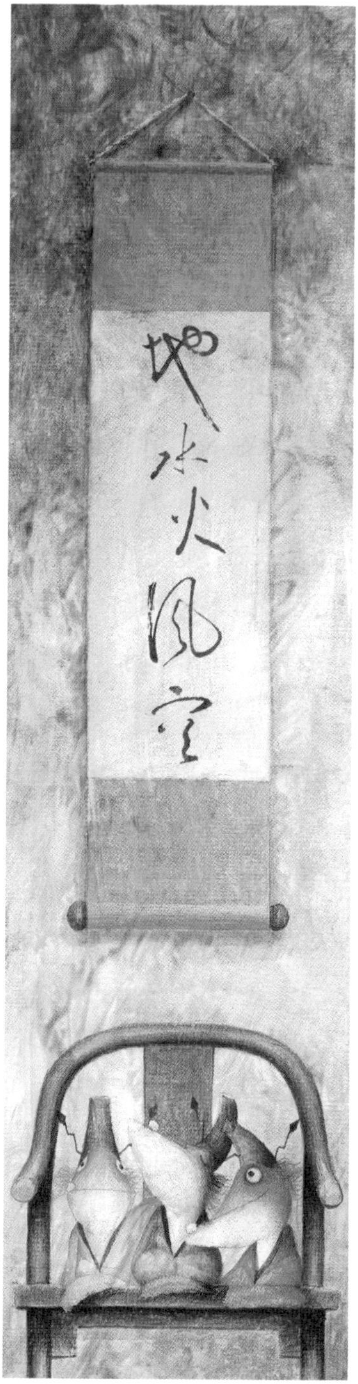

「請恕罪。」

晴爺爺嘆了口氣。「有急事稟告，還睡一整天。」

「請恕罪。」三隻小妖頭垂得低低的。

「那就快說啊，三賢臣。」晴爺爺給他們一人一棍。

「哎喲！請不要敲我們頭，我們是大蜥國最聰明的三位大臣，敲壞了就完了。」他們齊聲說。

「你們是最聰明的了？」

「是。因爲晴大人以前救過敝國的公主，對我們有大恩，所以大王一得到消息，就派我們馬不停蹄，連夜趕來，向晴大人通風報信，報恩來了。」

「什麼消息？」

「北方百鬼塔，派出一員大將，率領鬼大軍一隊，前來攻打莫怪樓。」

晴爺爺轉頭對男孩說：「我說的傳言，就是這個。」

晴爺爺抬頭望著天空。

「遙遠的北方，有一座高塔，人稱百鬼塔。聽說，那是一個邪惡的地方，可怕的魔神就住在那裡，他的威力強大無比。任何鬼怪、幽靈，只要經過塔邊，就會被抓進塔裡，不見天日，從此過著水深火熱的日子。」

晴爺爺跳下大石頭，在草原上踱步。

「最近，來到莫怪樓的鬼魂們常常說起，有一支鬼怪組成的大軍，神出鬼沒，到處抓人。大家都說，那就是魔神派出來的爪牙，百鬼塔要大張旗鼓，擴大勢力了。難怪，最近來莫怪樓尋找庇護的鬼怪，愈來愈多。」

「那我妹妹……」

「八九不離十，抓走她的就是這支鬼大軍。」

「他們要來攻打莫怪樓？」

晴爺爺走到三賢臣面前。

「你們的消息可靠嗎？」

「非常可靠，是大蚯國三位最聰明的賢臣來向我們大王通報的。」

「大蚯國？」

「就是蚯蚓王國啦。」

晴爺爺又踱起步來。

「依我看，魔神如果想要統領整個幽冥界，唯一能阻止他的絆腳石，就是莫怪樓。莫怪樓是鬼魂的庇護所，他們要大舉進攻莫怪樓，並不奇怪。傳說中的大災難，恐怕是眞的嘍。」

「大災難？」男孩問。

晴爺爺指了指莫怪樓的樓上。

「三十七樓住著一個神算師，他有一幅古代卷軸，預言未來莫怪樓會有一場災難，而且只有一個人能解救。」

「誰？」

「小侍郎。」晴爺爺說：「不過，不知道是地水火風空哪一位？」

看著男孩一臉疑惑，晴爺爺笑著繼續說：「地、水、火、風、空，它們是組成宇宙的五大元素，莫怪樓每一任小侍郎，就輪流用這五個字取名字。」

「取名字？我也要嗎？」

「是啊，不只是名字，依照傳統，在大晴國任官，都要改姓晴。既然你完成了我的三個難上加難的任務，該是給你一個名字的時候了。擊鼓！」

「咚咚咚咚咚……」鬼大鼓敲起鼓來。

「前一任的小侍郎，叫晴風。那猜猜你叫什麼？」老爺爺問。

「地、水、火、風……空？」男孩歪頭。「晴空？」

「沒錯，」晴爺爺說：「晴空小侍郎。」

晴爺爺從袖子裡抽出一張符咒，擲向空中，轟！天空中飛散出無數花瓣，好像粉紅色的煙火，紛紛飄落下來。

「禮成！」晴爺爺宣布。「鼓點子可以停了。」

「咚咚咚！」鬼大鼓說。

三位大蜥國來的賢臣用力鼓掌。
男孩很不好意思，他以前連上臺領獎都會臉紅。
「謝謝大家……」
「好了，現在該辦正經事了，」晴爺爺大袖一揮，轉身問：「那鬼大軍什麼時候會到？」
「算一算……」三位賢臣急忙拿樹枝在地上計算起來，算了半天，才說：「應該今天就會到。」
「今天？」晴爺爺眼睛睜得好大：「那你們昨天還睡一整天？」
「請恕罪。」三隻小妖頭低得都快趴到地上去了。

24 鬼魂的自然課

半個時辰後，晴空小侍郎著好裝，穿上披風，背著佩劍，飛奔下樓。

「晴爺爺，我準備好了！」

「太好了！」晴爺爺端坐在大殿的木頭地板上。「那就先吃早點吧。」

「大敵當前，我們不用備戰嗎？」男孩坐下來，拿起饅頭。「還有時間吃早餐？」

「事到如今，也沒什麼好準備的了。」晴爺爺啃著白饅頭說：「急也沒用，不如好好吃頓飯。人生多美好。」

「好心有好報。」男孩接著說。

「沒錯。」晴爺爺摸摸他的頭。「你學得挺快。下一句呢？」

「有緣來相逢……」

「沒緣來抱抱！」

「怪歌詞，」男孩也啃起饅頭。「改一下好不好？」
「改成怎樣？」
「有緣來相逢，沒什麼好煩惱。」
「也不錯，那我們從頭唱一遍看看。」
兩個人就這樣唱起歌來，一搭一唱，一人一句，邊唱邊改。

「人生多美好！
好心有好報！
有緣就會來相逢！
實在沒什麼好煩惱！

有個好地方，要讓你知道！
不論鬼和妖，不管老和少，
翻山越嶺，飄洋過海，
就爲了到這兒來，
帶著友誼，
懷著你的愛，

忘掉一切痛苦和不愉快，
血海深仇都拋開，
這裡是莫怪樓，
解開你心結，安慰你心憂，
日夜歡迎你！全年都無休！」

「真是太好了！」晴爺爺好開心：「啊，吃得好飽，開始工作吧！」

「好哇！」小侍郎也好高興。「要做什麼？」

「上課啊，」老爺爺屈指一算。「今天是上自然課。」

沒多久，妖魔鬼怪們都被叫下樓來集合。

晴爺爺拿著點鬼簿，一個一個喊名字。

「烏達。」

「有！」

「馬刷。」

「呀！」

「拉肚。」

「啦。」

「山貓怪。」

「喵！」

「黏土怪！」

「呼嚕嚕！」

「你才不是黏土怪，少騙我。」晴爺爺皺眉頭。

黏土怪翻個跟斗，變成小狐狸精，不好意思的說：「黏土怪賴床，要我冒充他。」

點完名，發現下樓來集合的不到所有房客的一半。

「這很正常，」晴爺爺說：「每次要上自然課，就這樣，說是賴床，其實是怕光。這是大白天的戶外教學，能來上課的，都很有勇氣。」

小侍郎仔細看看他們，果然很多鬼怪都還微微顫抖著。一般來說，妖怪都比較大膽，鬼魂們就抖得厲害，尤其是那些剛死不久的。

「大家不要怕，我們要出門嘍。」

晴爺爺推開大門，陽光灑了進來，鬼魂們都尖叫起來。

晴爺爺拔了一把野草，念了個小咒語，就變出好多把陽傘，給鬼魂們一人一把，然後一個個牽著他們，走出莫怪樓。

「瞧，沒這麼可怕吧？」晴爺爺笑著說：「陽光不會傷害鬼的，別自己嚇自己。」

鬼怪們小心翼翼的走到晴朗的草原上。

「眞的沒事耶。」一個夭折的小孩拍拍胸脯，笑了。

「陽光很舒服哪。」老人的鬼魂抬頭，閉著眼睛曬著太陽。

「大家看，」晴爺爺蹲下來說：「這是酢漿草。」

大家都圍過來看。晴爺爺暗中使了個法術。

「瞧！是四瓣的酢漿草！又叫幸運草，這是非常少見的！」晴爺爺大叫：「啊！你們實在太幸運了！竟然能夠見到四瓣酢漿草，太吉利了！」

晴爺爺把四瓣酢漿草扔向空中，讓它飄到每個鬼魂面前。

「你們這麼幸運，一定可以升天，到極樂世界去的。」晴爺爺說。

「極樂世界？」鬼魂們眼裡閃著疑問。

「那是一個最美好、最光明、最快樂的地方。到了那裡，就再也沒有痛苦，所有的煩惱都會忘了。」

大家圍繞著晴爺爺，聽他繼續說：「到了那裡，好像回到母親的懷裡一樣的溫暖。好像和初戀情人在一起那般充滿希望，好像一切願望都完成了那樣的幸福，好像在溫暖陽光下睡午覺那樣舒服。你們還記得睡午覺這件事嗎？」

「記得。」有人說，現場就滾倒在草地上。

於是大家都在草地上躺下來，閉上眼睛。

「好舒服。」有人說：「我又感受到風吹過臉頰的感覺了耶。」

「感覺好像又活過來了。」另外一個鬼說。

彷彿陽光下的露珠一般，鬼魂們所有的憂傷都蒸發了。

只有一片祥和寧靜。

戰場上戰死的士兵鬼魂，忘記長矛穿過身體的痛苦。決鬥而死的劍客，日日夜夜都想要報仇，只有這一刻，忘記了仇恨。孩子忘了哭喊父母的淒涼。情人忘記生離死別的遺憾。老人不再惦記著一輩子的記憶，不管它們有多難忘。

「這裡就是極樂世界了嗎？」一個小鬼魂輕聲問。

「才不呢，」晴爺爺笑了：「極樂世界比這裡還快樂好幾千倍。」

小侍郎也躺在草地上，瞇著眼睛曬太陽。明明妹妹不知下落，鬼大軍又即將到來，可是心裡卻好平靜。

「晴爺爺，」他小聲問：「這是咒語的力量嗎？」

「四瓣酢漿草是法術變的。」晴爺爺偷偷告訴他：「可是快樂與平靜，是從這裡來的。」

晴爺爺指著他的心。男孩從來沒見過他這麼正經。

「真正的咒語是用愛和語言做成的。」
晴爺爺坐了起來。
「聽不懂。」男孩閉上眼睛想。
晴爺爺大笑起來。
「你們看！」他指著風中：「好大的鳳蝶！」
鬼魂們都從草地上浮起來，跟著七彩的大蝴蝶飛舞。
「你們看！金龜子！」
金龜子閃耀著藍寶石似的光芒，飛過妖怪們的眼前，妖怪們嘻嘻哈哈的追逐著，眼睛也都閃爍著孩子氣的光芒。
幸運的四瓣酢漿草，還在風中飄著。
「真是個好預兆。」老人手背在身後，滿意的說。
四瓣酢漿草飄著、飄著……
「嘎！」飛來一隻黑烏鴉，把它吞進肚裡。
「真是……」男孩指著黑烏鴉。「好預兆？」

25 山雨欲來風滿樓

晴爺爺抬頭，看著一大群烏鴉逃命似的，從頭頂飛過。

「什麼東西把他們嚇成這樣？」

一片枯葉，緩緩飄落眼前，晴爺爺伸出手掌接住。

「桃樹葉？」

一片、兩片……

一陣大風刮來，枯葉如雪片般飄來。

晴爺爺和小侍郎站上大石頭，往山下望。

山腳下的樹林，彷彿裡頭隱藏著巨獸一般，晃動個不停。

不久，那片晃動的樹林，全都枯了。

「哇。」小侍郎低聲喊。「是什麼怪物啊？」

「看來，我們得提早下課了。」晴爺爺轉身向鬼怪學員們拍拍手，笑著說：

「好，下課嘍！大家回樓上休息去嘍！」

鬼魂和妖怪們依依不捨回樓房裡去。

「喂！走大門！」晴爺爺拉住一個想要穿牆而過的鬼魂。「要有規矩。」

那個鬼吐吐舌頭，頑皮的笑一笑，從大門飄回屋裡。

晴爺爺和小侍郎相視而笑。

「爲了這些孩子氣的傢伙，我們一定要守護住莫怪樓。」晴爺爺說，從袖子裡抽出一疊符咒，交給小侍郎。

「怎麼用？」男孩看著五顏六色的美麗符咒說。

「碰運氣嘍，抽到哪一張就用哪一張。」晴爺爺笑著說：「現在沒有時間讓你慢慢研究說明書了。」

藏在樹林裡的怪物，慢慢往山上移動，上空，一朵烏雲跟著它，走過的地方，留下一片乾枯的樹林，大風一刮，枯葉就紛紛飛捲到山頂的莫怪樓。

隨著枯葉掃過，小侍郎感覺有一陣陰森森的魔力拂過臉龐，不禁起了一身雞皮疙瘩。

「那是，」男孩指著樹林。「鬼大軍？」

「我想是吧，」晴爺爺瞇著眼睛。「還這麼遠，魔力就已經傳上山來了。」

「呱！」小綠蛙一蹦一跳，跳到石頭上。

「你還在這裡呀?」晴爺爺彎腰看著牠。「快回屋裡去。」

「咕嚕……呱!」小綠蛙突然大叫一聲,身體長大一倍。

晴爺爺倒退了一步。

同一時刻,莫怪樓裡響起一聲哀嚎。

晴爺爺抬頭。「是唐郎!」

唐郎的房間,牆壁震動搖晃著,傳來唐郎的嚎叫。

「咕嚕咕嚕……呱!」小綠蛙又長大了一倍。

顧不得那隻怪青蛙,晴爺爺和小侍郎一個箭步跳下石頭,往屋裡衝。

「快!三樓。」

乒乒乓乓,跑上樓房,兩人用力敲著唐郎的門。

「你怎麼了?」小侍郎喊。「開門!」

「走開!」砰!唐郎搥打著牆壁。

「讓我們進去!」晴爺爺喝道。

「滾!」稀里嘩啦!屋裡的桌子被砸得粉碎。「這個世界上,我誰也不信!誰也別想接近我!」

「有志氣。」晴爺爺說:「不過還是讓我看看你背後。你被下了咒啦。」

「騙人!」唐郎的聲音變得像野獸。「沒人能接近我,怎麼下咒?」

「我們是老朋友了，聽我說，」晴爺爺喊：「你這一路上，都沒異樣嗎？有沒有背靠在牆上休息過？」

屋裡安靜了一會兒。

「我頭不沾枕，背不靠牆。」唐郎沙啞的說：「只在上山前，靠著一棵大桃樹打了個盹兒。」

「大桃樹？」晴爺爺骨碌碌一轉眼珠。「怪了，這附近七座山之內沒有桃樹。」

一陣風刮來，乾枯的桃樹葉雪片似的拂過莫怪樓。

唐郎一聲大吼。

「你們還不滾！」

啪啦！門板破碎，巨大無比的鐮刀手破門而出，砍在小侍郎肩膀上。

「哎喲喂呀。」小侍郎痛得爬不起來。還好有刀槍不入的披風。

房裡，綠色的超級大螳螂，體型比原來和男孩比武的時候大了三倍多，簡直像一座小山一樣，眼睛血紅，揮舞著鐮刀，把房門、牆壁都敲得粉碎。

晴爺爺閃身跳開，飛快抽出符咒。

符咒上寫著：清心咒。

背面的使用說明是這樣寫的：

可以清心也。

專治頭昏眼花、心煩氣躁、火氣大、喉嚨痛、小孩受驚、失心瘋，各種病症，通通都適用。謝謝訂購。

晴爺爺正要把清心咒貼上螳螂背後——

「別暗算我！」螳螂反手一揮，把晴爺爺打得飛了出去，撞在牆上。

「唉，身手怎麼變得這麼靈活。」晴爺爺頭昏眼花，爬不起來，只好把清心咒貼在自己額頭上，才清醒過來。

可是唐郎顯然已經完全瘋了。

「嗚，為什麼所有人都要欺負我？」他一邊大哭著，一邊揮著鐮刀追殺小侍郎。

小侍郎拔出劍來，可是想不出任何押韻的句子，只好又收回劍鞘。

喀啦！鐮刀手掃過身邊，砍斷一根木頭柱子。

手忙腳亂中，小侍郎抽出一張符咒。只能碰運氣了。還來不及細看，就把符咒揉成一團，往螳螂嘴裡一丟。

「又想暗算我……呃。」

螳螂吞了符咒，開始大笑個不停。這張叫「開心符」。

「連你們都欺負我，哇哈哈！」螳螂一腳把小侍郎踢飛出去，撞破窗戶。

小侍郎攀著窗簷下的一節木椿，垂掛在窗外。

往下一看，三層樓高的下方，蹲著像小山一樣的巨大癩蛤蟆。

小綠蛙又變身了。

「咕——呱！」

黑溜溜的超級大蛤蟆，抬頭朝小侍郎張大嘴巴。

「運氣眞糟糕。」男孩手好痠。

「抓住我的手！」晴爺爺飛奔而來，俯身趴在窗邊，伸出手。

「小心，螳螂還在你背後。」男孩握住晴爺爺的手。

「他已經笑彎了腰，一時還爬不起來。」晴爺爺說。

晴爺爺使力正要把小侍郎拉上來，呼嚕嚕！大蛤蟆吐出長長紅舌頭，緊緊纏住小侍郎的腳。

26 晴爺爺的告別

大蛤蟆的舌頭，緊緊纏住小侍郎的腳。

晴爺爺緊緊拉住小侍郎的手，另一手攀著窗框，再也沒有手使用任何符咒了。

男孩看著捲在腿上的黏黏紅舌頭，怎麼踢，也甩不開，他知道這表示什麼。

「請你幫我找到我妹妹。」男孩抬頭說：「帶她回家。」

晴爺爺笑了。

「這傢伙已經吃了我的一個小侍郎。我不會讓他再次如願的，不管是哪個壞蛋在小青蛙和唐郎身上下了這種惡劣的咒語，不管是哪個壞蛋把你妹妹抓走，都要靠你去把他揪出來。」晴爺爺說：「現在我們來唱首歌。」

唉，臨死之前，還得陪怪老頭唱歌。

晴爺爺唱了起來：

「浪子回頭換不換？
苦盡甘來換不換？
峰迴路轉換不換呀，
柳暗花明換不換？」

這是什麼怪歌呀。
男孩覺得手痠得再也撐不住了。
「你說說看呀，換不換？」晴爺爺問。
「換。」男孩只好說。
「答對了！」晴爺爺鬆開手，讓男孩往下掉。「現在就換！」

男孩直直往蛤蟆嘴裡墜落。

晴爺爺飛快拔下一枚指甲，眉頭皺也不皺一下，咻！箭也似的擲出，射中男孩頭頂。

下一剎那，男孩發現自己手扶著窗邊，站在房間內。

而晴爺爺則被捲進大蛤蟆的嘴中。

男孩不可置信的看著癩蛤蟆滿足的打了個嗝。

晴爺爺被吃掉了！

原來，要換的是這個，他把自己和我交換！

晴空小侍郎完完全全慌了手腳，感覺好像世界上唯一的親人也離開了他。

回頭一看，大螳螂還在瘋狂大笑著。

男孩揀起地上的「清心咒」，貼在螳螂身上。

螳螂安靜了下來，慢慢變小、變小，變回一位斯文的綠面書生。

然後小侍郎拔劍，飛奔下樓。

「晴爺爺！」他大叫著，跑到大蛤蟆面前揮劍。「把晴爺爺吐出來！」

「咕——呱！」大蛤蟆顯然不怕他。

小侍郎大喊：

「我心慌！
我不爽！
快給我，
捕蟲網！」
咻！劍柄上長出長竿子，竿子上長出巨大的捕蟲網，小侍郎用盡全力一揮，捕蟲網就蓋住大蛤蟆。
大蛤蟆嚇了一大跳，使出老伎倆，轟！變成一棟金光閃閃的大屋子。
晴爺爺就在屋裡，握著窗戶欄杆，往外喊：
「小侍郎，你過來。」
男孩愣愣的走到窗前。
「剛剛那招叫換身術。」晴爺爺笑著說：「帥氣吧。」
男孩用力扳窗戶上的鐵柵欄，扳不開。他用力敲門、踢門、砸門，大門也文風不動。他把口袋裡所有的符咒都倒出來，拚命要找出一張符咒來救人。
「能試的我都試過，逃不出去的。」晴爺爺笑著說：「沒想到變成這樣，現在只能希望預言裡的小侍郎，就是你啦。真是那樣，就算鬼大軍來了千軍萬馬，你也有辦法。眞抱歉，讓你孤軍奮戰，對了，到樓上去找幫手吧！你會發現你並不孤單。啊！我快被消化掉了。」

晴爺爺低頭看看腳。

「真高興遇見你，你是個好孩子。」晴爺爺微笑著，淡淡的淚水沿著蒼老的皺紋流下來。「莫怪樓就交給你了，要對那些可憐的鬼怪好一點，他們像小孩子一樣，不管看起來有多恐怖，你要把他們當成小孩一樣照顧。包括這隻小青蛙。」

老爺爺揮了揮手，漸漸消失了。

「晴空小侍郎，」最後他說：「再見了。」

晴爺爺消失了。

男孩繼續拚命在一疊符咒裡翻呀翻，卻找不到一張可以派得上用場。

晴爺爺已經消失得無影無蹤了。

天色都暗了下來。

狂風刮著枯樹葉，繞著莫怪樓打轉，小侍郎全身發抖，慢慢走到大石頭上，看著山下樹林。

那搖晃樹林的怪物，那烏雲，已經移動到半山腰了。

27 樓房裡的探險

「所有的男孩都有一段傷心的故事……」

小侍郎渾身顫抖，又孤單，又難過，走回莫怪樓，一進門，就看到三位像仙女一般的大姐姐走下樓梯來，她們一位彈著琴，一位跳著舞，一位唱著歌。

「不要覺得奇怪，

當一切都離你遠去，

還有人願意陪著你……」

聽著像媽媽一樣溫暖的歌聲，男孩大哭了起來，一心只想回到家裡，躺在舒服的沙發上，一邊吃餅乾，一邊看漫畫。爲什麼不能回到以前單單純純的日子？爲什麼妹妹會死？爲什麼家人都變得那麼遙遠？爲什麼剛認識的朋友又消逝無蹤？

爲什麼我要在這個奇怪又古老的世界，獨自面對鬼大軍？

「哇……」空曠的大殿裡，男孩看著自己孤伶伶的身影，愈哭愈大聲。

仙女姐姐們唱完歌，又輕輕走回樓上去了。

男孩躺在地上，閉著眼睛。

淚水慢慢乾了。

好累喔。如果能夠這樣睡著就好了，把所有麻煩事都忘掉。

妹妹的表情卻浮現在他心裡，就像水面的倒影。

那些可憐的鬼魂，也都在心裡浮現，一張張無助的臉，看著他。

唉，現在不是躺在這裡的時候。起來做點事吧。

晴空小侍郎跳起來，飛奔上樓。

上樓，上樓……

上樓去找幫手。晴爺爺是這麼說的。

每一層樓，都有一條長長的走廊，長廊邊，是無數的房間。

二樓，大部分是空房間、雜物間、倉庫、儲藏室。還有擺滿了各種奇奇怪怪道具的房間，門口的木牌子上寫著「鬼劇團」。擺滿了各種樂器的房間，門口寫著「妖樂隊」。看來都是鬼魂平常的社團教室。

此外，還有茶水室、練功房、澡堂、符咒實驗室、圖書館和晴爺爺的房間。

三樓，一場打鬥之後已經面目全非，唐郎還低著頭，呆呆坐在地上，吳公在旁邊不知所措。

四樓、五樓、六樓……

小侍郎一樓一樓往上探索。

有的房間，明明聽到房內有說話聲，一走近，便鴉雀無聲。怎麼敲，也不開門。

有的房間裡，明明聽到小孩子們奔跑嬉戲，推開門，只看到一位哭泣的老婦人。

再往上走一層樓，悲傷的氣息更濃厚了，每一個房間都有啜泣聲。

另外一層樓，空氣裡充滿了嘆息。

有一層樓，味道實在不好聞。

另外一層樓，卻香噴噴，好像都是女生的閨房似的。

再往上一層樓，長廊的盡頭，站著三個木頭雕像，走近一看，咦，就是剛剛載歌載舞的三位仙女姐姐嘛！原來是木頭人呀。

男孩繼續跑上樓，到處亂敲門。

終於，有一扇門開了，裡面有一位看起來很正常的先生。

「啊，是小侍郎！」他驚慌的說：「對不起、對不起……」

他彎腰道歉個不停，把男孩搞得莫名其妙。

「對不起，我今天沒有下樓去上課，也沒有請假……」那位先生急得都快哭了：「我真是不應該，晴爺爺一定很生氣吧……」

「沒有，沒關係，」男孩安慰他：「他不會生氣的。」

「我知道他人很好，一再原諒我，可是我總是對不起他。」那個人紅了眼眶：「我真是個壞人……」

「不要這樣說嘛。」男孩抓著頭。「你一定是不得已的，對不對？」

「對，我生病了。」那人嘆氣說。

「生什麼病？」

「我的頭掉下來了，你看。」那人把頭拿下來給男孩。

男孩愣了一下，沒有被嚇倒。這些鬼，看起來很可怕，可是其實他們就像小孩子一樣。他想起晴爺爺的交代。

「沒關係，你只是頭掉下來而已，」男孩幫他把頭裝回去。「我還看過更嚴重的呢，有的人連頭都不見了。那就比較麻煩。」

男孩走進房裡，拉著那位先生，讓他坐下，拍拍他的肩膀，讓他放輕鬆點。

「沒關係，你這種小病，只要多休息，按時吃藥，就會好了。」

「哪裡有藥吃？」那人啜泣起來：「我窮得沒錢看病，怎麼會有藥吃。沒人理我，沒人照顧我，這就是爲什麼我會不想活。」

眞可憐。男孩伸出手。

「來，把這藥吃了。」男孩說。

「什麼藥？」

「咦，你沒看見嗎？」

剎那間，那位先生看見男孩手裡出現三顆香噴噴的藥丸。

他把藥吃了，馬上覺得好多了。

「好久沒有覺得這麼舒服了，啊，眞是神清氣爽。」他伸了個懶腰，扭扭脖子。「啊，頭再也不會掉下來了。小侍郎，你眞是個神醫！」

他趴在男孩肩膀哭了起來。

「從來沒有人對我這麼好。」他哭著說：「我明天一定會下樓去上課。」

「好，一定喔。」男孩跟他勾勾手指頭，看他破涕爲笑，才說：「今天有人要來莫怪樓找麻煩，所以不管樓下發生什麼事，不管聽到什麼，都不要下樓，也不要開門，懂嗎？」

「懂。」

「好。」男孩走出房門，又回頭問：「你知不知道這裡有沒有電梯？我想到三十七樓去，可是腳好痠。」

「電梯？」那人頭一歪，還好沒掉下來。「我不知道那是什麼。不過我聽說十二樓以上有車可以坐。」

「坐車？」男孩頭也一歪。「謝啦！」

男孩乒乒乒乒乒跑上樓，在十二樓的樓梯間，就遇見了司機先生。

28 蜘蛛計程車

陰暗的樓梯間裡，兩個發光的眼睛像車燈似的，亮了起來。

「這位客倌，您要上哪兒去呀？」

男孩鼓起勇氣走上前去，才看出那是一隻黑漆漆、毛茸茸的大蜘蛛。

「聽說這裡有車可以坐？我想去三十七樓。」男孩問。

「坐車？哈哈哈！」從來沒看過蜘蛛笑這麼大聲的。「沒錯！晴爺爺眞幽默，你想想看，如果說是坐蜘蛛，那不是把客人都嚇跑了嗎？哇哈哈！」

這蜘蛛可眞爽朗。

「三十七樓，沒問題。」蜘蛛往自己背上指一指。「上車吧。」

男孩猶豫了一下。

「啊，對不起。」蜘蛛彷彿想起了什麼，抽出一塊布，往背上一鋪。「來吧，這樣就不會刺刺的了。」

男孩硬著頭皮跨上蜘蛛背，蜘蛛緩緩的走了起來。

哇！騎蜘蛛耶。

如果講給妹妹聽，妹妹一定不信的。

找到妹妹以後，一定要帶她來騎騎看。

男孩想著想著，蜘蛛開口了。

「這位客倌，不太愛說話喔。」蜘蛛說：「有心事可以跟我講沒關係，我這人嘴巴很牢靠的。」

「沒有，沒什麼事。」男孩不習慣跟蜘蛛聊天。

「您貴姓啊？」

「我姓晴。」

蜘蛛停了下來。「姓晴？你該不會是……難道晴爺爺有了兒子？」

「不是啦。」男孩笑了。「我是晴空小侍郎啦。」

「小侍郎！」蜘蛛更吃驚了。「麻煩你下來一下。」

男孩跳下來。

蜘蛛把坐墊布抽下來，換成了一張華麗的毯子。

「請坐，剛剛不曉得你是小侍郎，還以為是哪個早死的可憐兒哩，不好意思。」

男孩坐上去，蜘蛛又緩緩走了起來。走著走著，看男孩不說話，牠又說了：「做這個工作收入不少吧？」
「沒有啦。」男孩急了起來，這樣下去什麼時候才能走到三十七樓。
「這樣啊，薪水不高，難怪小侍郎換得快。」
「能不能快一點，我趕時間。」
「沒問題啊，我技術一流的。」
蜘蛛飛奔了起來，一層樓、一層樓……飛也似的往上爬升。
「三十七樓，」牠一邊開快車，一邊還能說話：「要去找神算師吧。」
「沒……沒錯。」男孩有點暈了。「你眞是見多識廣。」
「哇哈哈！」蜘蛛先生一個急煞車。「三十七樓到了。」
男孩跨下車，覺得頭昏眼花。
「不好意思，您的車資總共是三十兩銀子。」蜘蛛先生說。
糟糕，沒說是要給錢的啊。男孩摸著空空的口袋。
「哇哈哈！」蜘蛛先生爆笑說：「跟你開個玩笑而已，你看你急成那個樣子。」

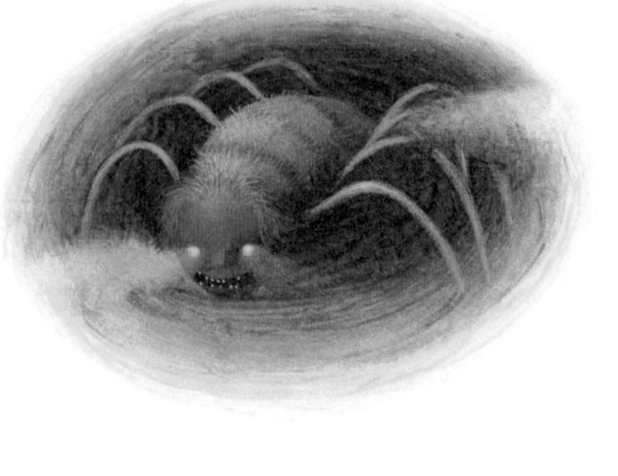

晴爺爺那麼風趣，怎麼小侍郎一點幽默感也沒有。」

眞是傷腦筋。

「請問神算師的房間是哪一間？」男孩指著長廊問。

「自己找吧。」蜘蛛故作神祕的說：「他在莫怪樓裡隱姓埋名很久了，就是不想讓人找到他。還特別交代我不能對別人提起他住在三十七樓。」

「那你剛剛不就說了嗎？」

「我有說嗎？」

「你還說你嘴巴很牢靠的。」

「有嗎？」

男孩不想再浪費時間跟他抬槓，便往長廊走去。

每間房門口都掛著牌子。寫著各式各樣的標語：

神算師不住在這樓啦。

誰是神算師？我不認得。

神算師不是我的鄰居。

你找錯樓啦，放棄吧。

別敲門，我不會告訴你神算師的事。

神算師搬走了。

最後，走廊盡頭的房間，門口寫著：「神算師不住在這裡。」

男孩推開門，看到一個貓臉人，坐在算命攤子前，眼睛直盯著他。

「神算師不住在這裡。」貓臉人面無表情說。

29 貓師傅與貓太太

一看到貓臉人，男孩就覺得好面熟，看來看去才想起來，他就是以前家裡養的那隻貓嘛。那張貓臉面無表情的樣子，跟家裡的貓咪一模一樣。

不過貓臉人只有臉部是貓，身上就像一般算命師傅的穿著一樣。

「一直盯著人看是不禮貌的。」貓師傅說。

「小花？」

「沒禮貌。」

「對不起，我認錯人了。」

另一位貓臉人從廚房走出來，穿著圍裙，拿著鍋鏟。

「不就跟你說神算師不住這裡嗎？」那位貓太太說。

她也是面無表情。

男孩決定乾乾脆脆把話講清楚。

「晴爺爺死了。百鬼塔的大將軍馬上就攻來了。」他說：「如果找不到人幫我，莫怪樓馬上就大禍臨頭了。」

男孩簡單把事情發生的經過說了一遍。

最後他說：「晴爺爺說神算師住在這裡，又叫我上樓來找幫手，可是其他那些可憐的鬼魂幫不了我，我只好來找神算師了。」

貓師傅和貓太太面無表情的眨眨眼。

「晴爺爺眞的死了？」

男孩點點頭。

兩個貓臉人面無表情的流下眼淚。

「眞的死了嗎？」貓師傅留著淚，屈指一算，眼淚忽然停了。他臉上飛快的閃過一絲笑容，又恢復面無表情的臉孔。

「眞的死了。」他說，和貓太太兩人相視著點點頭。

「那你是誰？」貓太太問。

「我是新來的小侍郎。」男孩說：「晴空小侍郎。」

兩個貓臉人面無表情的張大眼睛。

「晴空小侍郎？」

貓師傅推開牆上一道密門，取出一個木箱，解開大鎖，拿出一個卷軸。

貓師傅和貓太太打開卷軸，看看男孩，又看看卷軸，看看卷軸，又看看男孩。

男孩透過薄薄的卷軸，隱約可以看到上面有一張畫像。

「不像，一點都不像。」貓師傅一邊點頭一邊說著，面無表情把卷軸收好，放回木箱，鎖上大鎖，關好密門。

「不是你，」貓先生眼睛看著天花板說：「莫怪樓的救星不是你。」

男孩低下頭。

「不過我可以幫你算算命。」貓先生說。

「你就是神算師？」

「我可沒說。」貓師傅說：「抽根籤吧。」

貓太太急了起來。

「你說過你再也不算命了。」她淚汪汪說。
「晴爺爺待我們不薄，我們不能袖手旁觀，」貓師傅說：「何況，我只算一算，什麼也不說，只要不洩漏天機，我就不會減壽了。」
「還說什麼都不說。」貓太太哀怨的說：「就是因爲你耳根子軟，人家一求你，你就忍不住幫人家消災解難，結果害得自己壽命不多了。你看你連鬍子都白了。」
「貓鬍子本來就是白的。」
貓太太噗嗤笑了出來。
「唉，你如果走了，誰來陪我說笑呀。」她悠悠嘆道。
「對不起，」男孩說：「我還是自己想辦法好了。打擾你們了。」
男孩轉身，一不小心，撞到桌角，算命桌上的籤桶倒了下來。
貓師傅瞇著眼撿起掉到面前的竹籤，看了看，靜靜走到貓沙盆邊蹲下，伸出手指，在貓沙上寫下了幾行字：

人生七十古來稀，
捨己為人更稀奇。
若得三星來相助，
逢凶自然化為吉。

剛寫完，貓師傅的貓臉看起來就蒼老了許多。

「老伴兒……」貓太太嘆了口氣。

「我可沒說什麼，我是用寫的。」貓師傅說。

「謝謝你……」男孩看見他們那樣，覺得好感動。他默默把這首詩背下來。

「……若得三星來相助，逢凶自然化爲吉。什麼是三星？」

貓太太伸手摀住貓師傅的嘴。

貓師傅眼睛卻一直往牆角瞟。

男孩走到牆角，拿起一個木盒子，打開來，裡面有三個星形的凹槽。

「我只要蒐集到三個星星，放進木盒裡，就可以逢凶化吉對不對？」男孩興奮的說：「電動玩具裡都是這樣的！」

「沒這回事。」貓師傅說。

「一定是的！去哪裡找星星？樓上嗎？」

「才不是。」

「然後，就可以擊退鬼大軍嗎？」

「才怪。」

「謝謝你，神算師！」

「我不是神算師。」貓師傅點點頭。

男孩高興的告辭，一出門來，就看見大蜘蛛還在那兒等著。

「順利嗎？小侍郎？」大蜘蛛問。

「一點都不順利。」男孩笑著說。

「哦？那下一站要去哪裡？」

「找星星！」

30 丞相府的陰謀

「痛死我了。」

晴爺爺背靠著牆壁，撕下一截衣角，包紮流血的手指頭。

「早知道這麼痛，就咬破一點點指尖就好了。」他自言自語的說：「唉，這種奇怪的換身術是誰發明的，非要用血沾到對方不可。」

晴爺爺把手指頭包紮好，左顧右盼。

「這是什麼地方？」

房間裡陰陰暗暗的，什麼也看不清，只有高處的小窗口，灑下微光。

「用什麼符咒好呢？點燈咒？光明掌？亮光漆？」他掏了掏袖子，裡頭空空蕩蕩什麼也沒有。「一定是有人趁我剛剛昏迷的時候，把符咒都沒收了。」

晴爺爺聳聳肩，脫下鞋子。「沒料到吧，我還有留一手。」

他從鞋底抽出幾張符咒，搧了搧風。「雖然有點味道，可是，嘿嘿，功效說不定更強喔。」

晴爺爺把一張符咒往牆上一貼，耳朵靠在符咒上。

「蟲魚鳥獸，飛爬游走，四方好友，傳話給我。」他輕聲說。

於是，牆裡的螞蟻傳話給臭蟲，臭蟲傳話給跳蚤，跳蚤跳到屋頂，傳話給花貓，花貓跳到屋簷，傳話給小鳥，小鳥飛到隔壁窗口，傳話給蟑螂，蟑螂爬到牆腳，靜靜聽著，聽到什麼，就往回傳。

就這樣，晴爺爺聽到了隔壁的對話。

「什麼？晴風小侍郎逃走了？」

嘩啦啦，一陣花瓶碎裂聲。

「你這個飯桶！你還回來幹什麼？一整隊鬼魔去抓一個沒用的小娃娃，還被修理得灰頭土臉，好不容易捕到一個小侍郎，又被他給逃了！」

乒砰！一陣掀桌子的聲音。

「丞相大人息怒，」一個低沉沙啞的聲音說：「小的是依照您的吩咐，抬著鬼轎子，到處網羅鬼魂，哪裡有鬼魂在哀嘆，就前去抓拿。只是沒想到那個娃兒雖然沒用，他哥哥卻不是個普通人物，手上竟然有去吧小娃娃。」

「怎麼會在他手上？」

「小的不知。」
「什麼都不知道，我養你幹什麼？我射你一箭你就曉得了。」
那個凶巴巴的聲音喃喃念起咒語來了。
「丞相大人！」沙啞的聲音尖叫起來。「饒命。」
「哼，你也知道我這惡咒之箭的厲害。罷了，那晴風小侍郎是怎麼逃的？」
「穿牆術。」
「你不曉得莫怪樓那些傢伙法術厲害嗎？怎麼不把符咒都搜走？」
「是。小的疏忽了。不過跑了一個小侍郎，又抓到一個更不得了的。」
「什麼？」
「晴爺爺。」
房裡安靜了一會兒。不久，傳來啜泣聲。
「幹得好。我太感動了。這樣莫怪樓就手到擒來了。他的符咒搜走了吧？」
「當然。」
「太好了，唉，晴尚書呀晴尚書，你這個難纏的傢伙。我叫皇上把你鬼部的預算砍了一半，沒想到你還能撐下去，逼得我不得不降服百鬼塔的大將軍，施以惡咒，讓他帶領我的鬼大軍前去攻打莫怪樓，成功的話，就除去了我的眼中釘，不成功，也讓百鬼塔和莫怪樓結下血海深仇，以後冤冤相報，兩敗俱傷，那天下鬼魔就都歸我統領了，哇哈哈！」

「丞相大人，您也未免說得太詳細了。」

「怕什麼？我這丞相府銅牆鐵壁，隔音良好，一點風聲也不會走漏的。」

「大人高明。」

「等等！有人偷聽！」

一枚飛鏢掠空而過，接著一陣拍翅聲。

「大人，只是隻麻雀。」

「嚇我一跳。哈哈，現在晴老頭兒在我們手裡，事情就好辦多了。這個把小青蛙變大蛤蟆，再把吞下去的東西，傳送到丞相府地牢的構想，真是太成功了，我真是個天才，哇哈哈……哎呀。」

砰！一陣椅子翻倒聲。

「大人，請保重。」

「哈哈，我沒事兒。剛剛說到哪兒了？」

「大人，別再說了。」

「對對對，所謂陰謀就是不應該隨便說出來的。你剛剛聽到什麼？」

「小的什麼也沒聽到。」

「那就對了，下去吧。」

晴爺爺聽完，揉揉耳朵，把符咒折好放回鞋子裡。

「丞相府是吧。」晴爺爺自言自語：「銅牆鐵壁是吧？」

他從鞋底抽出一張「破門咒」，向牆上擲出。

轟！

牆上毫髮無傷。

「嗯，果然是銅牆鐵壁。」

晴爺爺抓抓頭，東看看西看看，打了個呵欠。

「既然如此，急也沒有用。」

他轉了個身，趴在地上，枕在手臂上睡著了。

31 摘星者

「收購星星！」

「誰有星星！」

「晴空小侍郎急需星星三枚！有的人快開門喔！」

大蜘蛛載著小侍郎在樓層間飛奔，一邊大聲嚷嚷著，卻沒人要開門。時間已經不多了，樹林裡來者不善的鬼大軍應該已經快到山上了吧？真讓人心急。

「這樣下去不是辦法。」男孩掏出符咒來，仔細翻閱每一張的說明。

「有了！」

他抽出一張紅得像喜帖似的符咒，上面寫著：奶油桂花手。

使用說明寫著：

吹口氣，揉一揉，好手氣，到你手。

讓你的心，帶著你的手，讓你的手，帶著你走。

附註：有時你會需要一點好運氣，但是不可用來賭博。

男孩在符咒上吹口氣，揉一揉，兩個手掌就被染得紅通通。男孩閉上眼睛，心裡出現一個數字：五十九。

「快！五十九樓！」

大蜘蛛飛奔到五十九樓，男孩伸出手，讓手拉著他，來到一道門前。

「就是這裡？」男孩看著手掌微微發光，還散發出一種香甜的味道。

「好手氣來了！」

他敲敲門，門被拉開了，開門的人卻站在遠遠的窗邊。

「對不起，打擾你，我是小侍郎。」男孩說。

「小侍郎？有什麼我可以幫得上忙？」窗邊的人說。

屋裡陰陰暗暗、空空曠曠，看起來什麼也沒有。

「沒有，我想我找錯人了。」男孩正要告辭離開，那人失望的嘆了口氣。

「我就知道，我什麼忙也幫不上。」他說：「我是個沒用的人。」

男孩走到他身邊。

那是一個蒼白的先生，垂頭喪氣看著窗外。奇怪的是，明明還是白天，這個房間的窗外卻是黑夜。

「我在找一樣東西，可是你好像什麼也沒有。」男孩說。

「沒錯。我什麼也沒有。沒有頭腦，沒有才能，沒有朋友，沒有希望。你走吧。」

好可憐的人。

「你走吧。」他伸出手去開門，他的手好長，好像橡皮糖一般伸縮自如，一下子拉長到門邊，推開門。

「哇，你眞是了不起，有這麼長的手！」男孩驚歎著說。

「你眞的覺得這樣很了不起嗎？」蒼白的先生眼睛亮了起來。

「對呀，要是我有這麼長的手，可以做很多不可思議的事呢！」

蒼白的先生臉色紅潤了起來。

「眞的耶，我以前從來沒想過，這也是一項才能。」他說：「你有什麼事？也許我可以幫得上忙？」

「我在找像星星一樣的東西。」

「星星？天上有很多呀！」那人興奮了起來。「我去幫你摘下來！」

男孩看著窗外，黑夜的星空中，星光閃閃。

「那是不可能的啦。」男孩笑著說。

「怎麼不可能？只要我的手夠長！」

他伸出手去，像拉麵師傅手裡的麵團一般，咻，白白的手臂轉眼已經伸到星空中，手掌已經遠得看不見了。

他的表情好專注，張大眼睛，彷彿在摸索著什麼似的。

「抓到了！」他大喊：「哇！好燙！」

咻，長長的手臂縮了回來，手掌上有一枚發光的星星，好像燒紅的金子一樣，微微透明，一閃一閃。

男孩接過來，還有點燙呢。

放進木盒子裡，竟然完全符合星形的凹槽。

「這怎麼可能！」自從來到莫怪樓以後，雖然遇見過無數怪事，男孩還沒有這麼驚訝過。

「這是不可能的！一定是幻術！」男孩向那個人解釋說：「天上的星星看起來很小，但其實不是這樣的，它們是恆星，比地球大多了！學校老師教過……」

男人興奮的表情，一下子黯淡下來。「你不喜歡？」

「不不，」男孩不知所措。「你太棒了，可不可以再幫我摘兩枚？」

「我試試看吧。」他伸出手去。「如果眞的不可能的話，我也沒辦法。」

他的手又伸上了星空，但是這次不管他怎麼摸索，也抓不到任何東西。

「你說得對，那是不可能的。」
他縮回手臂，垂頭喪氣的說。
男孩眞後悔自己說了那些喪氣的話。
「你已經幫我摘到一枚星星啦！」男孩快樂的說：「謝謝你幫了我一個好大的忙！現在我知道世界上沒有什麼是不可能的！」
蒼白的先生又重新開心起來，現在他臉色紅潤得像個小孩。
「對！沒什麼不可能的。」他開朗的說：「你看！天亮了！」
窗外的黑夜已經消失，天色亮了起來，陽光灑進房內。
「嗯！今天我要動手製作幾樣家具。」他說：「好好把這房間布置一下！」
「太好了！」
小侍郎高興的向他告辭，大蜘蛛還在門外等他。
小侍郎再度閉上眼睛，想了想說：「九十五樓。」

32 星星項鍊女孩

九十五樓，只有一個房間。

小侍郎推開門，屋裡很明亮開闊，有著美麗的古董家具，牆上還有美麗的書畫。

屋裡一個人也沒有，正中央卻有一個很大的盆景。

好細緻的盆景呀。

男孩被盆景吸引過來，彎著腰仔細觀賞。花盆裡有著小樹、花叢、小橋流水、庭臺樓閣、蜿蜒的小徑和房屋庭院，就好像一幅縮小的、精緻的古代世界小模型。

看得正入神時，聽到了一個女孩兒的聲音。

「喂！你是誰？」

男孩一回頭，看見四周圍繞著繁花盛開的春天風景，兩個清秀的小丫頭走過橋來，對著自己皺眉頭。

「我是……」男孩突然想不起自己是誰。

兩個女孩吃吃笑了起來。

「來了個傻小子。」她們說：「我爹爹就快來了，你要是不躲好，就有苦頭吃了。」

「躲哪裡？」

「快！花叢裡！」

男孩左顧右盼，看到大樹邊的牡丹花叢，趕緊躲進去。

過了不久，敲鑼打鼓的聲響愈來愈近，一隊人馬抬著轎子，沿著彎彎曲曲的小徑，走上橋來。

「王爺來了！」路邊的村民驚慌失措，有些閃躲不及的，就被騎在高頭大馬上的護衛一鞭打在背上，倒地不起。

「是哪個王爺，這麼霸道！」男孩躲在樹後，心想。

王爺的轎子正威風凜凜，從大樹邊經過，路邊一頭大黃牛卻受了驚嚇，朝轎子衝了過去，一時之間，人仰馬翻，轎子裡的王爺跌了出來。

「小心！」男孩眼看牛角正要往王爺身上頂，便飛奔而去，解下披風，往王爺身前一擋，刀槍不入的披風救了王爺一命。

「好小子，」王爺爬起身來，拍去塵埃，指著男孩說：「你私闖王府莊園，看在你救了本王一命，不然饒不了你。」

兩個俏皮的小丫頭，在路邊直拍胸脯，吐舌頭。

「進去領賞吧。」王爺吩咐僕從們，把男孩領進王府。

兩個小丫頭跟著男孩後面，嘻嘻笑笑走進大門。

男孩一回頭，看見年紀比較大的那女孩兒，頸子上有條金項鍊，鍊子上串著一個亮晶晶的小星星。

星星？

我來這裡是……男孩覺得頭好暈。

進了王爺府，吃了糕點，用了香茗，王爺問男孩道：「你想我賞你什麼？說吧。」

男孩指著女孩的星星項鍊。

女孩卻羞紅了臉。

王爺哈哈大笑，說道：「看你一表人才，卻人小鬼大。你這年紀，論及婚嫁還太早，不如先在我這裡住下來，學習文才武藝，過幾年再說吧。」

「不行，我……」男孩總覺得有件非常重要的急事要辦，卻想不起來。

「王爺要收留你這野孩子，是你上輩子修來的福分。」王爺夫人說：「你可要知道好歹，莫要推辭。」

就這樣，男孩在王府裡住了下來，一晃就是好幾年。

這大莊園裡景色優美，氣候宜人，春夏秋冬，各有風味，小橋流水，更是如詩如畫，來往行人，謙和有禮，達官顯貴，絡繹不絕。王爺府中佳餚令人百嚐不厭，席中吟詩作對，也耐人尋味。

男孩待在這裡，快樂得好像在仙境一般，早就不去想自己從何而來了。

再加上兩位聰明伶俐的女孩兒，每天一起遊玩，好像青梅竹馬一般。

只是偶爾，見到那女孩頸子上的星星項鍊，男孩會沉思良久。

我是從哪裡來的？這時他才會想起。

總覺得有件很要緊的事情要做。

可是日子這麼逍遙自在，何必去想那麼多？

日子一天天過去，這一年，男孩考上了秀才，王爺滿心歡喜，就把那位戴著星星項鍊的女兒，許配給了他。

「眞是一樁好姻緣啊。」老夫人也是這麼說。

王府裡張燈結彩，喜氣洋洋，好不熱鬧。

第二年，他們就生了個白白胖胖的小男孩。

沒兩年，又添了個女孩兒。

兩個孩子又可愛，又乖巧，很得人疼，王府上上下下都說這是一對人間難得的神仙眷屬。

太平盛世，無憂無慮，日子總是過得特別容易，一轉眼又過了好幾個秋冬。

這一年的冬天是少見的嚴寒，第二年的農作又歉收，遠方傳來蝗蟲爲害的消息，不久，叛軍作亂的消息又時有可聞。

一切的一切，好像都在告訴人們，好日子過去了。

然而，厄運正式降臨的時候，卻是這麼讓人措手不及。

遠方傳來的消息說，叛軍圍攻京城，皇帝已經駕崩。

改朝換代了。

一直到穿著黑衣的叛軍騎著高頭大馬，前來接管王府莊園的時候，大家才肯接受這個殘酷的事實。

王爺和老夫人披頭散髮的被趕出王府，從此以後，只能和男孩一家人住在鄉下破爛的農舍中，那些過去常被王爺欺壓的村民，如今可逮到了報仇的機會。

「你們也有今天啊？」冷笑和白眼，拳打和腳踢，圍繞在王爺一家人身邊。

一向趾高氣昂的老王爺，怎麼受得了這種氣，很快就一病不起。

男孩現在也是個臉上布滿了風霜和皺紋的老漢子了，白天要扛著鋤頭下田工作，晚上餓著肚子，還要照顧重病的老人，他再也沒有笑容。

這是一個悲慘淒涼的冬天。

當天氣慢慢轉暖的時候，厄運並沒有隨著冬天一起離開。戰火從遠方延燒到了隔壁的村莊，眼看就連貧困的農村生活，都快要被捲進殘酷的戰爭中，想要苟且偷生，都幾乎是個奢望。更糟的是，戰爭還沒來，戰場上遍地的屍體，先帶來了大瘟疫。

瘟疫很快奪走了兩個孩子的生命。

一向堅強的男孩終於哭了。

他哭倒在家門口，甚至沒有力氣埋葬自己的兩個親生骨肉。

「這一切是爲什麼？」他一邊淚流滿面，一邊心底浮現一個問題。「我是誰？我爲什麼在這裡？」

這時候，病床上的老王爺向他招手。

「孩子，你來。」

男孩跌跌撞撞走到床邊，跪了下來。

「別哭了，」王爺慈祥的摸著他的頭髮。「這不是眞的。」

一道閃電劃過男孩心頭。

「這一切都不是眞的。」王爺笑著說：「這只是盆栽裡的人生。」

男孩睜大紅腫的眼睛。

「我不懂……」

「這一生，只是幻影而已。我們是盆栽裡的幻影人兒，每一次有人來到這盆栽裡，我們就會從頭過一輩子。」老王爺說。

「盆栽……」男孩喃喃說：「我記得了，莫怪樓九十五樓……我還有急事要做，我卻在這裡浪費了一輩子的時間。」

男孩握緊王爺的手。「父親，謝謝你告訴我，我要離開了。」

男孩的妻子從房內飛奔出來，拉住男孩。

「爹，你跟他說這些做什麼？」她埋怨父親：「我不要他走！」

男孩轉過身來，握著她的手。

「謝謝你陪了我一輩子。」

兩人都流下淚來。

「你不要走，我會很想你的。」她說：「如果你不滿意現在的日子，我們可以從頭再來一次。」

「可以嗎？」男孩驚訝的問。他想起了從前那些美好的時光。

「當然可以，你走出門去看看。」

男孩走出門，門外又是一副春暖花開，小橋流水的美好景象。

背後響起了一個女孩兒清脆的聲音。

「喂！你是誰？」

男孩一回頭，看見兩個小丫頭走過橋來，對著自己皺眉頭。

「我是……」男孩說：「我是晴空小侍郎。」

年紀比較大的那位女孩兒愣了一下。

「什麼小侍郎。」她說：「我爹爹就快來了，你要是不躲好，就有苦頭吃了。」

小橋那邊，隱隱約約傳來敲鑼打鼓的聲響，一隊抬轎的人馬走上橋來。

「這次我不躲了。」男孩說：「我要回去了。」

女孩眼眶紅了。「你真的要走？」

男孩點點頭。「有人等著我去救，有很多人等著我去保護。」

「那你要記得我。」

女孩解下頸間的星星項鍊，送給男孩。

「你走吧。」女孩揮了揮手。

剎那間，女孩的臉孔、花草樹木、小橋流水、庭臺樓閣……都縮小遠去，男孩發現自己站在盆景前。

好精緻美妙的盆景啊。

他轉身走出房間，大蜘蛛在門口等著。

「你眼睛怎麼紅紅的？」蜘蛛問。

「沒什麼。」男孩淡淡的說：「等了很久吧？」

「哪兒的話，只見你站在盆栽前，再轉過身來，手上就拎著那條項鍊了。」

男孩低頭看看項鍊，打開木盒子，將項鍊上的星星放進第二個凹槽裡。

剛剛好呢。

33 心想事成遊樂園

男孩心中浮現一個新的數目：一〇五，到了一百零五樓，他卻發現那是一座遊樂場。

好多小孩子的鬼魂，玩得好開心。

陽光鋪滿地板，整個房間散發著金光，地面漂浮著小小的雲朵，好像天堂。

入口處，有位老婆婆，她打量著男孩說：「這是不怕光的小鬼們的遊樂園，你的年紀大了點。」

「我不是來玩的。」男孩說，可是心裡還眞想進去玩。

孩子們的玩具是那麼的奇妙，小皮球可以在天上飄，每拍三下就會變顏色，兩顆小球相撞，就會合成一顆大球，三顆大球相撞，會變成棉花糖。

溜滑梯可以由下往上滑，翹翹板彎彎曲曲很有彈性。

小椅子像木馬一樣，彈彈跳跳，誰能坐上去誰就贏。

小水盆裡可以坐得下好多人一起玩水，小水桶裡的水一倒出來，就變成一個透明的、跑給大家追的水精靈。

更棒的是，這些玩具玩膩了就會消失，隨時有新的玩具出現。

「看你著迷成這樣，」老婆婆笑呵呵說：「你也可以變呀。」

「變什麼？」

「變玩具呀。」老婆婆說：「只要你學會怎樣集中注意力。」

「那些玩具是自己變出來的嗎？」

「當然。」

「變出來以後，就不會消失了嗎？」

「那要看你的集中力有多強了。」

「我想變一顆星星。」

「好吧，讓你試一試。」

老婆婆打開糖果罐，丟了一顆魔法夾心糖到他嘴裡，接著仔細教他怎樣閉上眼睛，在心裡想像一顆星星。

所有的小鬼們全都好奇的圍繞過來，坐在他身邊，他們也閉上眼睛，想像一顆星星。

「好，睜開眼睛！」老婆婆宣布。

每個人手掌上都有一枚星星，只有男孩手上是一枚巧克力圓餅。

大家哈哈笑了起來，男孩也傻笑著。

「你不夠專心喔，」老婆婆拿起圓餅看了看。「形狀不對，顏色也不對，大小倒是差不多了，你要多努力。」

圓餅消失了。

男孩又閉上眼睛，皺起眉頭努力想。

「不不不，」老婆婆拍拍他肩膀。「這樣太用力了，你要放輕鬆一點。」

男孩深呼吸，吐出長長一口氣。

「放輕鬆，放輕鬆。」老婆婆輕聲說：「又專心，又輕鬆。」

隱隱約約的，一種像是水中反映的燭火微光，搖晃著，出現在男孩手掌上。

慢慢的，光芒凝聚成一個多角形，星星出現了。

男孩張開眼睛，臉上充滿驚喜，四周卻又響起一片嘆息，原來男孩一張眼，星星就又消散了。

「不錯，你算是很有天賦了，」老婆婆說：「現在，多花一點時間，想一想關於這枚星星的一切，想想它的重量，它的味道，它摸起來是什麼感覺？」

男孩重新閉上眼，星星又成形了。

「想想它的故事。它是怎麼形成的？什麼材料的？這些材料從宇宙中的什麼地方來？這些地方住了些什麼樣的人？這些人長什麼樣子？發生過什麼故事……」

老婆婆的聲音愈來愈遙遠，手掌上的星星卻愈來愈重。
「再想想這枚星星的未來，它將會有什麼命運？你會把它給誰？有哪些人會喜歡它……」
星星愈來愈重，最後男孩終於拿不住，噹！星星掉在地上。
男孩把星星捧起來。
哇！一枚如假包換、金光閃閃的星星！
「謝謝你！」他對老婆婆說。
老婆婆只是慈祥的點點頭。
男孩向孩子們揮手告別，走到大蜘蛛面前，拿出木盒，把最後一枚星星放進凹槽裡。

34 桃樹老人的哀傷

三枚星星到齊了！

「若得三星來相助，逢凶自然化爲吉。」男孩喃喃念道。

然而，什麼也沒發生。

男孩和大蜘蛛面面相覷，這時候木盒子微微震動了起來。

一種奇妙的聲響，叮叮咚咚的，從木盒子裡傳出來。

過了一會兒，木盒子裡有個好聽的聲音說了：「忙線中，請稍候。」

這是什麼嘛。

「您要等待請按一，要掛斷請按二。」木盒子裡的聲音又說：「轉接服務人員，請按三。」

木盒子裡的三顆星，分別出現發光的數字。男孩按了一下「三」，數字又消失了。

那聲音又說了：「服務人員忙線中，您要等待請按一，要掛斷請按二。」
數字又亮了起來。男孩只好按「一」。
「處理中，請稍候。」
接著，木盒子就靜悄悄，再也沒有動靜了。
眞是讓人失望。
唉，白忙了一場。
男孩垂頭喪氣騎著大蜘蛛下樓，走到半路，又感覺震動起來，不過這次不是木盒，是整座莫怪樓都在震動。
還伴隨著砰然巨響。
砰！又一聲巨響，木頭地板出現裂痕。
男孩推門，衝進一間房裡，正好是蜥蜴小妖的住處。
「啊！」三賢臣嚇一大跳：「參見小侍郎。」
男孩衝到窗前，往外一看，看到一顆超級大桃子迎面飛來。
「小心！快閃開！」男孩大叫。
轟！大桃子把整個房間砸得稀爛。
三賢臣從門板下爬出來，跪倒在男孩面前。
「小侍郎大恩大德，大蜥國一定知恩圖報……」

男孩站在窗邊、被砸出的大洞前，往下看。

莫怪樓外，草原那端的樹林裡，走出一位巨人，他是一位慈祥的老人，手裡捧著一顆大桃子。

說是老人，看起來又像是一棵大樹，背後長滿了樹枝，枝葉都枯黃了。

老人看起來很慈祥，但是不知爲什麼，卻有一種哀傷的感覺。

「唉！」他嘆了口氣，聲音迴盪在山谷裡，手一甩，大桃子就飛向莫怪樓，轟！又砸出一個大洞。

住在樓裡的鬼怪們都驚慌起來，原本哭泣的鬼魂嚇得顫抖，尖叫聲在各樓層裡此起彼落。

「呵呵呵。」老樹人笑著笑著，又嘆了口氣：「唉！」

又是一顆飛桃攻擊，轟！

「我的媽呀，」三賢臣說：「是桃樹老人來了。」

「桃樹老人？」

「他是百鬼塔東門的守門將軍，介於半仙半妖之間，力大無窮，魔力驚人，名列魔力排行榜前十名。沒想到百鬼塔的魔神派他來攻打莫怪樓，看來莫怪樓是凶多吉少了。」三賢臣之一說。

「你住嘴。」其他兩個罵他。

桃樹老人走出樹林，後面跟著一大群妖魔鬼怪，他們紛紛從樹林裡冒出來，在莫怪樓前的草地上，排列出一個嚇人的陣仗。

一朵烏雲籠罩在上空，草地都枯黃了。

「看來真的是凶多吉少了。」三賢臣都說。

「住嘴。」男孩跳上蜘蛛背，飛奔下樓。

經過的每一層樓，都有鬼怪哭叫著：

「小侍郎，發生什麼事了？」

「晴爺爺呢？」

男孩耐心的安慰他們：「大家回去躲好，我會想辦法保護你們的。」

話雖這麼說，他一點也沒有把握。

來到一樓大殿裡，就聽到鬼大鼓嚇得顫抖：「鬼來了，咚咚咚！」

「我知道。不要怕。」男孩跨下蜘蛛，大步走向門口。

男孩推開大門，面對著巨大的桃樹老人，和他背後一整排鬼大軍。

他深深吸了一口氣。

桃樹老人從自己背後的樹枝上，摘下一枚桃子，正要往莫怪樓扔去。

一股不曉得哪裡來的勇氣，從男孩心裡冒出來。

「喂！」

男孩的大叫聲消失在茫茫的風裡，枯葉在風中打轉。

巨大的桃樹老人低頭看著他。

「孩子啊，」桃樹老人說話了，聲音充滿哀傷。「你快走開。」

「不！」男孩堅定的看著老人的眼睛。「你走開。」

老人張大了布滿皺紋的眼睛。

「你是誰？」

「晴空小侍郎。」

老人的眉頭皺了起來。
「什麼尚書啊，侍郎的，」他說：「沒一個好東西。」
男孩愣住了。
「自稱什麼大晴國鬼部，」桃樹老人說：「鬼也要你們管嗎？人的世界都管不好了。把晴尚書叫出來。」
「他已經被你害死了。」男孩手按著寶劍。「在唐郎背後下咒的就是你吧。」
「呵呵呵。」老人笑了起來，又哀傷的嘆了口氣。「唉，不錯。」
草原上響起細細碎碎的聲音，那是草原精靈，他們你一言我一語說：
「其實，晴爺爺是怎麼死的？你知道嗎？」
「我只看到小侍郎拉了他一把，晴爺爺就被吃了。」
「是小侍郎害死的。」
「真可怕。」
「原來好心腸都是裝的。」
「當了侍郎還不知足，還想當尚書。」
「我們以前都看錯他了。」
「這種人，該好好教訓教訓他。」
男孩一聽，心都涼了。這些精靈……

桃樹老人眉頭皺得更深了。

「傳言說得沒錯，莫怪樓果然是一個邪惡的地方。」他說：「那也沒什麼好留情的了。」

他猛力一甩，大桃子旋轉著飛向男孩。

男孩飛快拔劍。

「一二三，

保平安，

快給我，

保護傘！」

話剛說完，劍柄上衝出一股強烈光芒，往四邊飛散，像一把大傘一般，把莫怪樓整個籠罩起來，大桃子一飛近，馬上反彈得不知去向。

「有一手，」桃樹爺爺驚奇的說：「不過你能撐多久？」

男孩抽出一張符咒，他已經想好對策。

符上的使用說明寫著：

這年頭，符咒是愈來愈貴，效能卻不見提升。擔心法術的時效不夠長嗎？請用「時光蝸牛」符，保證時光不飛逝，歲月如蝸牛，延長法力時效十二個時辰，請認明蝸牛商標……

接下來都是廣告詞，就不用看了。

男孩把符咒上的蝸牛貼紙撕下來，貼在劍上。

美麗的保護傘光芒，環繞著莫怪樓，一分鐘過後，還沒有消失，男孩才鬆了口氣。

「唉……」桃樹老人哀傷的嘆氣著說：「何苦呢。」

一種強烈的哀傷，像煙霧一樣爬上男孩心頭。

「唉，不管你怎麼做，都是白費。」桃樹老人哀嘆著：「沒有用的，一切心血，都會付諸東流。」

男孩覺得好想哭，這是什麼法術？

鬼魂們一個個走下樓來了。

「放棄吧，死了這條心。」桃樹老人的聲音像風中的枯葉，在每個鬼魂心底打轉，勾起他們最心痛的回憶。

「他說得沒錯。」鬼魂們痛哭流涕。

「來吧，讓我們這些傷心人，在一起好好哭泣。」桃樹老人呼喚著：「來吧！」

鬼魂們失魂似的走下樓，往大門口走去。

男孩回頭，看到大家面如死灰，殭屍一般的走來，心裡一驚。

「你們要去哪裡？」

「我們要走了。」他們說：「沒有用的，你幫不了我們的。」

這種傷心、絕望的感覺，好熟悉。在樓房裡尋找三星的時候，那些無助的鬼魂，不都是這樣？只是現在這種感覺又加強了好幾倍。

男孩又回頭，看看桃樹老人哀嘆的表情。

好可憐。

一股熊熊的烈火，從男孩的心底燃燒起來，把所有的哀傷都一掃而空，他把劍交給鬼大鼓拿著，轉身大步走回莫怪樓，砰的把大門關上。

「大家聽我說，」男孩大聲喊：「不要再自暴自棄下去了！我媽說過，那是最笨的了！」

大家都愣住了。男孩也不曉得爲什麼突然把媽媽扯進來。

「你們是很有希望的！晴爺爺說過，有一個美好的地方，」男孩伸開雙手，好像展開翅膀。「那個地方，又光明，又快樂！」

他停了一下，接著說：

「我一定會帶你們去的！」

鬼魂們半信半疑，低頭問：「哪裡有光明，我們只看到一片灰灰暗暗。」

的確，屋外烏雲密布，屋裡陰陰暗暗。

這時候，有人敲門了。

「誰？」男孩問。

沒有回答，但是剎那間，無比燦爛的光芒從門縫放射進來，整個屋子都被照亮。

「哇！有光了。」鬼魂們瞇著眼說。

男孩拉開門，門外彷彿有一千個太陽的光芒那麼亮。

35 三星報喜

莫怪樓大門口，無比明亮的光芒中，隱約可以看到三個人。

他們齊聲說道：

「三星報喜，五福臨門！恭喜！恭喜！」

男孩用手遮著眼睛。「太亮了，我什麼也看不到！」

「太亮了嗎？」其中一個人說：「那就調暗一點。」

光芒暗下來一些。

「這樣可以嗎？」

「還是有點刺眼。」男孩說：「不過沒關係。」

「那就請忍耐一下，神仙下凡就要有這種氣勢才行。」那人說。

現在可以看出三個人的樣子了。他們三位身穿又鮮豔又豪華的官服，頭帶官帽，看來喜氣洋洋。

「三星報喜！五福臨門！」他們又重說一次。

「我乃上清福德星君。」慈眉善目，臉色紅潤的那位說。

「我乃上清祿德星君。」英俊瀟灑，手托元寶的那位說。

「我乃南極老人壽德星君也。」手持楞杖的白鬍子老人說。

三位神仙笑咪咪的，一副幸福的樣子。

屋裡的眾鬼魂，突然也覺得幸福了起來。

「你們怎麼進得來？不是有防護傘？」男孩奇怪的問。

「哈哈哈！」福星大笑說：「福氣要來的時候，什麼也擋不住！」

「你們是三顆星星召喚來的嗎？」男孩問。

「應該說，是被你的善心召喚來的，」老壽星說：「你一定做過一些好事，不然怎麼叫我們也不會來的。」

「不錯，心存不善的人找我們的話……」祿星說。

「就會永遠忙線中。」福星附和。

福祿壽三星大笑著互相擊掌。

「來吧！」福星伸出手來。

「做什麼？」

「握手啊。」

男孩握住福星的手，一股暖洋洋的電流流過全身，全身感覺好像剛出爐的鬆餅，鬆鬆軟軟的，好舒服！

「給你我的祝福，」福星說。

祿星伸出手來，拍拍男孩肩膀。

「給你我的財富。」他說，剛說完，男孩口袋就沉重起來，裡面有好幾個金元寶。

壽星則摸摸男孩頭頂。

「我要給你的禮物呢，是宇宙的奧祕。」他在男孩耳邊，小聲教了他幾句咒語。「這個禮物，自用送禮兩相宜。」

「好了，目前爲止，三星報喜的部分完成了。」福星宣布：「接著要進行的是五福臨門的部分。」

「所謂五福臨門，就是賜給你五個願望。」祿星說。

「沒錯！」壽星說。「會實現的喔。」

「五個願望！」男孩好興奮。「眞的？那我眞希望晴爺爺還活著！」

「好的，第一個願望實現了。」福星從口袋拎出一小撮銀粉，灑在空中。「你的晴爺爺根本沒死。」

晴爺爺沒死？男孩更興奮了，他回頭看看那些鬼魂們，他們也都露出充滿希望的表情。

「那我的第二個願望是，希望他們都能到極樂世界去。」男孩指著鬼魂們。

只見福星表情嚴肅的和祿星、壽星低聲商量起來。最後三人點點頭。

「小兄弟，」福星搭著男孩的肩膀說：「這件事，技術上是沒問題，可是也要先跟你講清楚，我們不是萬能的，不像民間故事裡寫的那樣，什麼願望都能實現似的，沒這回事。如果你的願望是自己升官發財，結婚生子之類的，就很好辦，牽涉到這麼多鬼魂的願望，就還要看他們有沒有這個福分，當時機到來，他們都準備好的時候，這個願望自然就會實現，這樣你能不能接受？」

男孩只好點點頭。

「好，那第二個願望也達成了！」福星把銀粉一灑，說道：

「第三個願望？」

「桃樹老人的大軍，」男孩指著外面說：「幫我擊退他們！」

三位神仙又面有難色。

「又有什麼問題？」男孩不滿意的說。

「桃樹老人算是半個神仙。照規矩，神仙之間是不能互相攻擊的。」福星說：

「這樣好了，我賜福給你們大家，讓你們自己擊敗他們，行嗎？」

「只好這樣了。」

福星舉起手來，手掌發射強光，朝鬼魂們掃射過去，鬼魂們一陣尖叫，接著就發現自己渾身好像通上電流，充滿活力。

「太好了，第三個願望又實現了。」福星又灑著銀粉。

「這樣還不夠，」男孩說。「我還需要幫手。」

「沒問題，你的幫手待會兒就會來了。」福星灑著銀粉。「第四個願望也實現了，你還有什麼心願嗎？」

「我妹妹。」

福祿壽三星微笑著點頭。「我們知道。」

「她在哪裡？」

「這就是最後一個願望嗎？」

男孩點點頭。

福星轉身手指向桃樹老人上空的烏雲，射出一道光束，照亮了烏雲下方的一個小小的身影。

「妹妹！」

妹妹像風箏似的飄在空中，腳上綁著一條細繩，由地面上的一個小妖怪牽著。

「救她！」男孩大喊。

「很抱歉，三星報喜的節目今天就到此結束，」三位神仙微微一躬身。「好事能多做，自然再相逢。再會了，朋友。」

男孩想拉福星的衣袖，卻像抓棉花糖，軟綿綿穿手而過，福祿壽三星腳踩著小小的雲朵，飄飄然升起，消失了。

男孩又是孤單一個人了，然而他現在覺得全身充滿力量。

他跨出大門，抬起頭來。

「放開她！」他堅定的對桃樹老人喊：「她是我妹！」

「不能放，一放她就跑了，」桃樹老人說：「她又凶，又不合作，像頭野獸似的，所以才用繫鬼繩拴著。」

「她還只是個小孩耶！」男孩抗議。

「管他的。」拉著繩子的小妖怪笑著說。

「你要救她？也可以。」桃樹老人說：「把保護傘移開，把那把劍交給我，我就放了她。」

男孩猶豫了。

「我保證不再攻擊莫怪樓。」桃樹老人說。

「眞的？」男孩心動了。「給你這把劍，你就會撤退？」

桃樹老人點頭。

男孩從鬼大鼓手裡接過幻影劍，撕下蝸牛貼紙。

咻！保護傘消失了。
男孩走向桃樹老人，把劍放在他面前。
一條長長的樹藤垂下來，把劍捲走。
「現在，放了她。」男孩說。
長長的樹藤又垂了下來，把男孩捆起來。
桃樹老人一揮手，整隊鬼大軍衝向莫怪樓。
「你騙人！」男孩急得快哭了。
「你沒騙過人嗎？」桃樹老人歪頭看著他。

36 野丫頭晴風

「我沒騙過人！」一位小俠從樹林裡飛躍而出，身手敏捷得好像會輕功似的，踩著桃樹老人的樹枝，三兩下就跳到老人的頭頂。

「哪裡來的野小子！」桃樹老人措手不及，七八根樹枝齊向頭頂掃去，全都撲空。

「我才不是野小子呢，」小俠閃過桃樹枝的攻擊，在老人額頭上貼上一張符。說道：「我是野丫頭！」

「哇，頭好癢！」桃樹老人拚命抓頭，枯葉像頭皮屑一般落了一地。

小俠縱身一躍，來到男孩面前，男孩這才看出來，她是個女孩兒。

「喂！」女孩說：「你是誰？」

「晴空小侍郎。」男孩說：「那你又是誰？」

女孩皺起眉頭，拿出小刀割斷樹藤，轉身就往莫怪樓走。

「我是晴風小侍郎。」女孩沒好氣的說：「晴爺爺怎麼這麼沒耐性，這麼快就換人了。」

男孩睜大了眼睛。

「小心！」女孩回頭喊。

男孩低頭閃過樹藤攻擊。

「你不是死了嗎？」男孩問。

「我才不會那麼短命咧。」女孩說。「小心！」

男孩輕輕一跳，閃過樹枝攻擊。

「我怎麼記得晴爺爺說晴風小侍郎是男生？」

「他老愛那樣說，我頭髮盤起來的時候看起來像個男生。」女孩嘟著嘴說：「晴爺爺人咧？」

「被大蛤蟆吃了。」

「什麼！」女孩凶巴巴瞪著他。「到底是怎麼回事？你給我說清楚！」

男孩簡單把事情經過說了。

「原來如此，那棟大房子是蛤蟆變的呀。」女孩鬆了口氣。「別擔心，被吃下去只是被傳送到丞相府罷了，我都能逃出來，晴爺爺一定沒問題。小心！」

又一條藤蔓飛掃而來，男孩側身閃過。

「你身手還不錯嘛。」女孩驚奇的說。

男孩只覺得運氣變得好好，身體變得好靈巧，怎麼閃，都能避得開。

「我要去救我妹！」他指著天上的烏雲。

「那是你妹妹？」女孩瞧了瞧天上，又瞧了瞧莫怪樓。「那要先救哪一邊？」

「一人救一邊？」

「不，我們要聯手才有機會。」女孩說：「小侍郎的聯手攻擊，晴爺爺沒教你？」

「沒。我才當了一天小侍郎。」

「老樹妖我們可能一時還打不過他，莫怪樓卻岌岌可危……」

男孩深吸一口氣說：「先救莫怪樓！」

男孩拔腿飛奔，桃樹老人扯下一大把樹葉，朝男孩一吹，咻咻咻！葉片變成飛刀射去。

「哇！」男孩滾倒在地上，所有的飛刀都剛好掠過身邊。

「你眞是福星高照耶。」女孩拉起他的手說：「起來，你書讀得多不多？」

「還不少。做什麼？」

「跟我來！」

女孩拉著男孩飛奔回莫怪樓。

「聽著，待會兒，我說一句有風字的成語，」女孩邊跑邊解釋：「你就說一句有空字的成語，然後兩人一起出掌，懂了嗎？」

兩人一進門，就看到一場大混戰。

一樓大殿內，鬼大軍的士兵們，兩眼發紅，直撲向莫怪樓發抖的鬼魂，不過說也奇怪，那些鬼魂只要輕輕一飄，就能避開士兵們的利爪，稍稍轉身，就能滑出重重包圍，運氣眞好。

「眞是福星高照。」女孩看著這幅景象說。

大家轉頭看到門口站著兩位小侍郎，都歡呼起來。

「小侍郎！」大家對男孩喊。

「小侍郎！」大家又對女孩喊。「你回來了！」

兩人相視而笑。

「準備好了嗎？」女孩說：「風平浪靜！」

男孩說：「空空如也！」

兩人朝著撲向他們的鬼士兵推出一掌。

一股大力湧出，整群鬼士兵在空中飛滾而去，穿越牆壁，消失無蹤。

「哇！」男孩嚇一跳。「他們到哪去了？該不會被我們打死了吧？」

「放心好了，他們早就死了。」女孩斜眼看他。「他們只是暫時消失，會在遠方重新恢復魂魄的。你這個心軟的傢伙。」

兩人轉身，朝向一隊拿刀衝來的骷髏士兵。

「風吹草動！」女孩說。

「空谷回音！」男孩說。

喀啦啦！骷髏士兵飛散消失了。

「風調雨順！」

「空中樓閣！」

呼！一群狂野的妖獸被狂風捲起，破窗而出。

看著小侍郎們神勇無比的樣子，莫怪樓的鬼魂們不再發抖，膽子也大了起來。

有人把頭拿下來砸鬼士兵，說也奇怪，力道神準，砸一個就倒一個。

七八個夭折的小孩，緊緊拉住一個骷髏士兵，把一塊塊骨頭拆下來，丟著玩。

野貓怪縱橫全場，一副利爪嚇跑了不少穿著盔甲的妖怪，黏土怪再接著丟出爛泥巴追擊。

大臉怪睡到一半被吵起來，心情很不好，也下樓來加入戰局，揮舞著一副大手掌和大腳丫，把一群殭屍趕出大門。

有一些鬼士兵大膽闖進廚房裡，卻看到爐灶上坐著一個穿官服的小人兒，嘴裡還喃喃有詞：

「碗盤不落地，
調羹會飛行，
鍋鏟勝刀劍，
麵條最無敵！」
灶王爺念完，鍋碗瓢盆、菜刀和鍋鏟滿天飛舞，把整隊士兵打得落荒而逃，後面還追著暗器似的、密密麻麻的麵條。
鬼士兵逃到大殿，一抬頭就看到兩個小侍郎。
「風捲殘雲！」女孩喊。
「空前絕後！」男孩喊。
沙……如同狂風席捲而過，最後一隊鬼兵也四處飛散，消失無蹤。
剎那間，大殿裡安靜了下來。
接著爆出一陣歡呼。
「大獲全勝了！」
女孩點頭稱讚男孩說：「你成語懂得還挺多的。」
「還沒完呢。」男孩喘著氣。「外面還有一個。」
話剛說完，就聽到一陣哀怨的啜泣聲，像是深山裡的憂傷溪流，涓涓蜿蜒流進莫怪樓。

「嗚……」桃樹爺爺哭得好傷心：「這世界眞無情……」

晴風小侍郎心頭一驚，趕緊摀起耳朵。

「別聽！那是魔咒！」她喊：「快擊鼓！」

鬼大鼓咚咚響起，山貓怪發出長號，有耳朵的鬼怪們都摀住耳朵，有頭的鬼魂都蒙起頭。大家努力抵擋魔咒。

「嗚……這是一個無情的世界……」桃樹老人聲音眞淒涼。「沒有正義……沒有眞理……沒有希望……」

狂野的哭聲湧進莫怪樓裡，就連摀住耳朵的晴風小侍郎都忍不住覺得心灰意冷，一心只想衝進山谷裡，跳進懸崖。

有些比較脆弱的鬼怪，已經難過得站不起身來。

晴空小侍郎卻直直走出門去。

男孩臉上掛著淚痕，走到老人面前。

「別難過了。」他說。

「壞人！你們都是壞人！」老人大哭著：「沒有一個好人！」

「你這樣我們也覺得很難過，」男孩說：「可是我們不是壞人。」

「率領大軍偷襲百鬼塔，綁架無辜的小鬼，還不是壞人？你們知不知道，那個小鬼是我唯一的親人！」老人吼著：「既然敢大搖大擺打著晴字軍旗，爲什麼不敢承認？」

「你說的，不是我們。」男孩冷靜的說：「晴爺爺不會做這種事的。」

「別想騙我！」桃樹老人大吼一聲：「我才不相信，這世界上沒有人說眞話！嗚……」

老人又痛哭起來。男孩一步步走近。

桃樹老人一邊哭一邊攻擊，但是不管樹枝、藤蔓、飛桃和飛刀怎樣掃射，就是絲毫無法傷害到晴空小侍郎。

終於，男孩走到桃樹老人身邊，輕輕拍了拍他。

「沒關係，不要怕。」男孩說：「放輕鬆一點。」

男孩閉上眼，想像將福星送給他的祝福，全部傳送給老人。

老人渾身好像觸電似的，感覺一股暖洋洋的電流通過每一根樹枝，全身彷彿在夏日的海灘上曬太陽，鬆鬆軟軟，好舒服。

他慢慢安靜下來。

老人用疑惑的眼神，看著小侍郎。

「爲什麼一個孩子有這麼大的力量？」他輕聲自語著：「爲什麼我的魔咒對他完全無效？」

晴空小侍郎只覺得全身又累又痠痛，幸運的感覺已經消失。他知道，他已經完全把福星的祝福送給了桃樹老人。

老人安靜的坐了下來。

「那是什麼？」男孩看見老人背後露出一截箭簇，箭上綁著一張符咒。

「別動，」男孩說：「我想你是中了暗算。」

男孩腳踩著樹幹，用力拔出箭來。

「嗚啊！」老人大吼一聲，樹藤纏住男孩的脖子。「你做什麼！」

老人搶過箭來，打開符咒，上面只寫著一個字：「古」。

桃樹老人氣得發抖。「古加木，就是枯！難怪我不斷的枯萎，好惡毒的箭！是誰？」

他翻到符咒背面，那兒有一行字：大晴國鬼部莫怪樓出品。

樹藤緊緊勒住男孩咽喉。

「還說不是你們！」

「呃……」

男孩無法呼吸，張大嘴巴，手腳慌亂揮舞，眼前愈來愈模糊，朦朧中，看見上次在廚房裡的小餓鬼，一蹦一跳的跑來。

「桃樹爺爺！」小餓鬼開心的喊。

「孩子！」桃樹爺爺把他擁進懷裡。「終於找到你了。」

樹藤卻狠狠的把小侍郎高舉到空中。

「綁架小餓鬼的，果然是你們！」桃樹老人把藤蔓勒得更緊了。「罪證確鑿，你還有什麼話說？」

男孩滿臉通紅，已經說不出話來。隱隱約約聽到從莫怪樓裡衝出來的腳步聲、尖叫和呼喚。

「放開他……」是那個野丫頭的聲音。

所有聲音都變得愈來愈遙遠……

接著就是一片黑暗。

37 你是哥哥

黑暗之後，就是無比的光明。

一片燦爛的光明出現在眼前，晴空小侍郎覺得自己正往光明的天空上升。

他睜開眼睛，低頭看著腳下。

莫怪樓、桃樹老人、晴風、一群鬼怪圍繞著，吵鬧著。

男孩心裡覺得好平靜，一點也不懂，下面的人們爲什麼要這樣吵吵鬧鬧。

「死了！你把他害死了！」女孩尖叫著。

「桃樹爺爺，他是好人，」小餓鬼說：「就是他救了我，你爲什麼要殺他？」

桃樹老人喪氣的坐在地上。「那是誰抓了你？」

「一個鬼將軍，把我抓到這附近，又把我放了，什麼吃的也不給我，我只好溜進莫怪樓的廚房去。」

「鬼將軍？」桃樹老人好像大夢初醒似的說：「我想起來了，一個鬼將軍，牽領大軍進攻百鬼塔，打著晴字的軍旗，射了我一箭，接著我就發狂了，只記得身邊莫名其妙多了一群士兵，我率領他們，一路上追蹤你的腳印，追到這裡來……現在想起來，我好像瘋了似的，完全不能控制自己。」

「你這個笨蛋！」女孩又尖叫著。

「晴風小侍郎，您要節哀呀。」大蜥國三賢臣跪在地上。

「如果真的不是你們，」桃樹老人無奈的問：「那符咒又怎麼說？」

「要嫁禍別人還不簡單？只要會寫字就行了呀！」女孩大叫：「笨蛋！」

「您要息怒呀。」三賢臣說。

「呼嚕嚕！呼嚕嚕！」是黏土怪的聲音。

黏土怪一向最怕陽光，現在也跑到草地上來了。

桃樹老人頭頂上的烏雲已經散開，陽光又重新照耀草原，惡咒之箭被拔除後，枯黃的樹林、枯黃的草地、老人身上的枝葉，都慢慢恢復了綠意。

太好了。

男孩笑著，往上升、往上升，一直上升到妹妹面前。

「妹！」

妹妹一臉茫然。

她的腳踝上還繫著透明的繩索，牽著繩索的小妖躲在桃樹老人身後，不知所措。

「妹，是我啦，」男孩拉住妹妹的手。「我來救你了。」

「不要碰我！」妹妹尖叫了起來。「走開！」

妹妹的樣子都變了，耳朵變得像花豹，皮膚長出野獸的斑紋，牙齒又尖又利，眼神又凶又狠。

男孩心裡一陣酸楚。

「再不滾，我叫我哥來把你們全部殺光光！」妹妹大叫著。

一顆淚珠險些滾下來。

男孩緊緊拉住她的手，妹妹一口咬上去。

男孩只是靜靜看著她。

「我是哥哥。」他又說一次，妹妹抬起頭，眼神又茫然，又迷惑。

男孩解開她腳上的繫鬼繩。

「走。」他硬拉著她，在空中飛向莫怪樓。

地面上有人抬頭看到他們。

「是晴空小侍郎和他妹妹！」

男孩牽著又抓又咬的妹妹，穿越莫怪樓的牆壁，直接來到男孩住的房間裡，牆角擺著妹妹的紅書包。

「你看。」

妹妹張大眼睛看著她的紅書包，凶狠的表情好像冰淇淋似的融化了。

男孩試著拿起書包，卻拿不起來。

他閉上眼睛，深深吸了一口氣，專心想像自己的身體有血有肉。

沒一會兒，他看看手，不再是透明的了。

他伸手打開書包。

「你看，閃電劍和雷霆刀。」男孩打開妹妹最愛的鉛筆盒，鉛筆盒上貼滿花花綠綠的貼紙，鉛筆盒裡面有好幾枝漏水的原子筆。

男孩拿起紅筆，把墨水往妹妹臉上一甩，就像他們以前玩的那樣。

「呀！」妹妹輕聲尖叫，然後笑了起來，豹耳朵和臉上的獸紋消失了。

男孩撕下一枚貼紙，貼在自己臉上。

「喂！那是我的貼紙！」妹妹說：「不准拿我的貼紙，不然我跟媽說。」

說到這裡，妹妹突然停住了，好像想起什麼。

「跟媽說什麼？」男孩問。

「說哥哥拿我的東西。」妹妹流下淚來。

「那我是誰？」

「哥哥。」妹妹啜泣著。「哥！」

她撲到他懷裡，哭成一個淚人兒。「我要回家……」

「我們現在就要回去了。」

男孩從書包裡拿出一張符咒，是「去吧小娃娃」。

38 我們回來了

一個平凡的夏天午後，一隻平凡的蟬停在院子裡的小樹上。

「我們去把牠捉下來？」妹妹說。

「不要啦。」哥哥說。「牠又沒惹你。」

「管他的。」妹妹脫下鞋子，爬上樹去。「抓到了！」

妹妹用細線綁在蟬腳上，拎著線轉圈圈玩，轉著轉著，蟬飛了出去，撞到牆上。妹妹手裡的線，只留下蟬的一隻腳。

「啊！糟糕。」妹妹跑去把牠撿起來。「還好，還活著。」

「把牠放了啦！」哥哥生氣了。

「好啦好啦。」

妹妹又爬上樹，把蟬放回樹枝上。「拜拜！」她跟蟬說再見，接著要爬下來的時候，一腳踏空，摔了下來。

砰！

妹妹躺在地上，動也不動。

「喂！你這傢伙！」哥哥喊。

妹妹還是一動也不動。

「你很煩耶！」他瞪著妹妹。

妹妹還是一動也不動。

哥哥蹲下一看，發現妹妹的額頭邊，撞在石頭的尖角上。

世界突然靜止了。

晴空小侍郎，牽著妹妹，幽靈似的出現在圍牆邊。

「妹，」男孩蹲下來對妹妹說：「我們回到家了，現在我要對你說三句咒語，你要很注意、很注意聽，好不好。」

妹妹乖乖的點點頭。

男孩盯著她的眼睛，慢慢的說：「我要你活過來，活過來，活過來。」

妹妹猛吸了一口氣，好像溺水的人忽然冒出水面似的。

然後她透明的魂魄出現光彩，彷彿灑上銀粉似的，一閃一閃的飄向她的身體。

咻！

妹妹睜開眼睛，世界又回復轉動。

「哥？」
躺在地上的妹妹，抬頭看著他哥哥。
哥哥呼了一口長長的氣。「嚇死我了，我還以爲你死了。」
「哥？」妹妹坐起來。「是作夢嗎？」
妹妹東看看，西看看。
夏日的陽光，暖洋洋的，好舒服。
一隻花貓瞇著眼睛，躺在牆頭上。
院子裡的花朵隨風顫動著，蜜蜂嗡嗡飛過。
我還活著。
「我夢到我死了，你還來救我。」妹妹說，揉著額頭，有點痛。
「誰理你啊。」哥哥沒好氣的說：「你這麼皮。」
「喂，你們兩個，」媽媽在廚房裡喊：「進來吃餅乾，別野了。」
「喔！」兩人應了一聲。
走回屋裡之前，妹妹跑到樹邊，對那隻大蟬說：「對不起啦。請你原諒我。」
「妹妹！快進來。」媽媽又喊。
「好啦。」
哥哥和妹妹跑進屋裡，砰，關上紗門。

晴空小侍郎背靠著圍牆，抬頭看著藍色的天空。

他看看院子，看看圍牆上的苔蘚，看看神祕的花叢，花叢裡會不會有鬼？他笑了笑。他現在再也不怕鬼了。

好熟悉的地方。

他走進屋裡，看看爸媽，看看妹妹，看看自己的樣子，看看自己的房間。

他在床上躺了下來，休息了一會兒。

啊，終於可以休息了。

他閉上眼睛。

腦海浮現莫怪樓裡那些朋友們。

然後他靜靜的站起來，走回院子，想像自己有一隻有血有肉的手，然後他就有了一隻手可以揀起符咒。

淚水滴落在「去吧小娃娃」符咒上。

爸爸、媽媽、妹妹……我的家。

再見了。

「我是去吧小娃娃，請問你要去哪？」

「帶我回大晴國莫怪樓山腳下。」

「不好意思告訴你，我的法力快用完了，」去吧小娃娃紅著臉：「算一算，只能再帶你跑這一趟了。」

「沒關係。麻煩你了。」

在彩虹光中，男孩的鬼魂回到大晴國，從山腳下飛回莫怪樓。

39 鬼魂們的舞會

我要活過來。
我要活過來。
我要活過來。
說完，男孩就張開眼睛。
「晴空小侍郎復活了！」
接著是一陣尖叫聲。
乒乒乓乓，七手八腳，上樓下樓，大家忙個不停。
「活過來了，真的活過來了，我不騙你！」
有個女生尖叫著跑過來。
剛開始，男孩眼前一片模糊，好像下雨天蒙著一層霧氣的窗玻璃，慢慢的，揉了又揉，才慢慢看得到東西。

眼前是一群七嘴八舌的鬼怪，和一個瞪著大眼的女孩，大家俯身看著他。
女孩把手放在他的額頭上。
「不是變成了妖怪。」她眼睛好大。「是真的活過來了。」
接著她又歪歪頭說：「該不會是被附身了吧？」
她掏出一張符咒貼在男孩額頭，喊：「現出原形！」
男孩一動也不動的看著她。
「是真的活過來了。」她嘆了口氣把符咒收起來。「怎麼有這種死而復生的法術，晴爺爺都沒教我，眞是偏心。」
男孩坐起身來。大家又是一陣驚呼。
他咳嗽了一陣，等呼吸正常了以後，才沙啞的說：
「不是晴爺爺啦。是壽星，他說我救過兩個人，所以送我兩條命。」
「壽星？」
「福祿壽三星，他們是三個神仙，好心來幫我們。」
「神仙來幫你喔？你命可眞好。」
「桃樹老人呢？」
「昨天傍晚就回去了，帶著他那個小餓鬼，兩個人像父子似的。」女孩笑著說：「他道歉個不停，還說要賠償我們損失，我說你殺了我們的小侍郎，賠得起嗎你？還不快滾！兩個人就低著頭走啦！」

「昨天？那現在是？」

男孩看看四周，莫怪樓光潔的木頭地板上，有著清晨的光線。

一群鬼怪們圍繞在身旁，關心的看著他。

「他們守了你一晚上，我本來是打算趁你還沒長蛆以前就要把你埋了。」女孩說。

鬼魂們則七嘴八舌的問男孩：「你餓不餓？渴不渴？要不要洗把臉？」

「我餓死了。」男孩又往地上一攤。

「啊，他又死了！」三賢臣之一大叫。

「這不是眞的啦。」另外一個賢臣說。

「我也看出來了，他是裝的。」第三個賢臣說。

「你們三個笨蛋。」晴風手扠著腰，罵道：「快去準備早餐！」

「今天吃什麼？」男孩虛弱的說：「我不想再吃饅頭了。」

「我們今天吃點特別的，」晴風小侍郎笑嘻嘻的說：

「我們到草原上野餐去。」

鬼魂們一個個踮著腳尖，走進草原的陽光裡，他們輕聲驚呼著，好像小孩子第

一次跨進游泳池似的，先用腳尖試試溫度，接著就開心了起來。

「晴爺爺說得不錯，」他們笑著說：「陽光有益無害。」

晴空小侍郎和晴風小侍郎，坐在草地上，女孩拿著小刀喊著：「快點！快點！別慢吞吞的。」

「很重耶！」三賢臣加上山貓怪、大臉怪，氣喘吁吁，推著一顆大桃子，滾啊滾的，滾到草地上來。

女孩用小刀把桃子切片給男孩吃。

「晴爺爺看到我們這樣亂吃，不笑死才怪。」女孩說。

「那他如果看到莫怪樓變成這樣，」男孩指了指莫怪樓上，被桃子砸得破破爛爛的缺口。「會不會暈倒？」

「是啊。」女孩嘆了口氣。「鬼部現在很窮哪，哪有錢修房子。」

男孩想起口袋裡的元寶。

「這樣夠不夠？」他把元寶遞給晴風。

女孩驚訝的合不攏嘴。「太夠了。哪來的？」

「神仙給的。」

「你眞是命好喔。」女孩說：「這可以給莫怪樓買好幾個月糧食了。」

「那就交給你。」男孩嚼著多汁的桃子說：「眞好吃。對了，你有沒有看到唐郎？」

「喏。」女孩指了指大石頭。

唐郎和吳公，斜倚在大石頭一旁吹風。

唐郎看到晴空小侍郎走過來，就低下頭。

「別怪我。我不是故意的。」他說。

小侍郎拍了拍他肩膀，接著兩人驚訝的互相看著。

「對不起，我拍了你的肩膀。」男孩說。

「我竟然讓你拍了肩膀？」唐郎說。

「瞧，不是每個人都想暗算你吧？」沉默的吳公也說話了。

男孩把一個元寶放到唐郎手中。

「那天真是不好意思，占了你的便宜，逼你打折……」男孩說：「現在莫怪樓有錢啦，這錢還給你。」

「太多了……」

「請收下，當作我們給你賠罪。」

「謝謝侍郎。」唐郎起身向男孩一拱手：「那我們就告辭了。」

「後會有期。」吳公公也站起來一拱手。「聽說晴尚書還健在，如果有了消息，請務必讓我們知道。」

「那當然。」男孩也一拱手。

男孩站在大石頭上，看著大蜈蚣載著綠面書生，蜿蜒下山去了。

「你現在可挺像個小侍郎了啊。」女孩也跳上大石頭。

男孩傻笑著。

「對了，你妹妹怎麼樣了？」

「我送她回家了。」男孩聳聳肩。「我把我的一條命送給她。她現在應該在吃餅乾吧，我媽做的餅乾超好吃的。」

「那你幹麼又回來？」女孩啃著一片桃子：「捨不得我嗎？」

男孩臉一紅。

「我答應他們一件事。」他指了指那一群鬼魂。「所以一定要回來完成。」

「喔？」
一位先生走到男孩面前。
「小侍郎！」他眼裡閃爍著興奮的光彩。「我……下樓來……下樓來上課了。」
他興奮得講話都結結巴巴，這是他第一次走到陽光底下。
「太好了！」男孩跳下大石頭。「你眞是太棒了！頭還好嗎？」
「再也沒有掉下來過了！」
兩個人相視大笑。女孩覺得莫名其妙。
「喂！今天還要上什麼課？」女孩手扠著腰對男孩喊：「昨天忙成那樣，今天休息一天吧，這樣我明天才有力氣出發去探聽晴爺爺的消息啊！」
男孩想了想。
「那我們今天上音樂課好了，最輕鬆，我妹最喜歡音樂課了。」
「唱歌啊？」女孩嘟嘟嘴。「唱什麼？」
草原上，大家圍成一個大圓圈。
「大家跟我這樣唱，」男孩笑著說。
「大家跟我這樣唱，」鬼魂們學著說。
「人生多美好，」男孩唱：「好心有好報！」

鬼魂們跟著唱一遍。
女孩嘆氣說：「唉，又是晴爺爺的怪歌詞。」
「你有更好的歌嗎？」
「樓上的仙女姐姐們唱歌挺好聽，」女孩說：「我去請她們下來。」
「她們其實是木頭雕刻成的，對不對？」
「噓，別跟她們說，她們自己還不知道呢。」
女孩跑回樓房裡，不久，三位仙女姐姐下樓來了。
她們一邊唱著，一邊慢步走來，一位彈著琴，一位跳著舞。

「所有的鬼都有一段傷心的故事，
這就是爲什麼，他們要到莫怪樓，
尋找快樂的結局。

所有的妖怪都有他們的可愛，
這就是爲什麼，他們要到莫怪樓，
尋找失落的關懷……」

歌聲就像陽光一樣溫暖。

鬼魂們、妖怪們，坐在地上，閉起眼睛。

每一句歌詞都在他們腦海中閃亮著，好像陽光下蜻蜓的翅膀。

「不要覺得奇怪……」

當仙女們唱到這一句，鬼魂和妖怪們不知不覺也跟著哼唱起來，這些歌詞在他們剛死不久，悽悽慘慘來到莫怪樓的時候，都聽過一次，也哭過一次。

「不要覺得奇怪……」

他們合唱著，聲音愈來愈大聲，從陰森森、淒涼的咻咻鬼聲，變成開朗有自信的大合唱。

「不要覺得奇怪，
有一個地方，
永遠歡迎你！」

唱到這裡，他們歡呼起來。

「不要覺得奇怪，

當一切都離你遠去，

還有人願意陪著你！」

仙女姐姐們愈唱愈開心，鬼大鼓也跟著敲起節奏來。

「不要覺得奇怪！」

「咚咚咚！不奇怪！」

鬼魂們腳踏著節拍，身體忍不住飄了起來。仙女姐姐牽起一個個害羞的鬼魂，教他們怎樣跳舞、轉圈圈。手腳笨拙的妖怪們，也手舞足蹈起來。

「沒看過他們上課這麼快活！」晴風小侍郎笑著說。

「我也好久沒這麼高興了。」晴空小侍郎跑進圓圈裡，翻跟斗。

草原上的精靈，又吱吱喳喳討論了起來。

「我看這個晴空小侍郎，其實人還不壞。」

「不只是好人，我看是個偉人。」

「不只是偉人，他是我們的救星。」

「對對對，我從來就沒看走眼過。」

男孩大笑，他再也不在乎他們怎麼說了。

晴朗的天空下，鬼魂們的舞蹈，好像翩翩起舞的透明蝴蝶，也好像輕柔的水母，在綠色的海洋裡漂蕩，他們的心情也隨著飄揚，心裡的每個角落都充滿陽光，所有的痛苦都蒸發，所有的憂傷，現在回憶起來，好像夢裡的一場笑話。

妖怪們也痛快奔跑，忘卻了一切煩惱。

晴空小侍郎躺在草地上，嘴裡叼著一根酢漿草，聽著他們一再一再反覆唱著這首歌：

「不要覺得奇怪，
有一個地方，
永遠歡迎你！
不要覺得奇怪，
當一切都離你遠去，
還有人願意陪著你。

WOW

不要覺得奇怪，
當外面下著大雨，
我們在樓房裡唱著詩句。

陽光會再來，
晴朗的草原上，
鬼魂們的舞會已經發出邀請函。

這個世界如此美麗，
就算經過悲傷，
我們還是能飛向光。

當陽光再來的時候，
我看到你，光芒萬丈。
笑得那麼燦爛，
好像神仙下凡！

草原上，星光閃閃，
好像海洋，綠光蕩漾，
鬼與神，仙與妖，
我們一起歡笑，
牽手舞蹈，
這是我們約定已久的舞會，
你看你看！
我們的心，
就是極樂世界！」

一道道光束從天空最高處照射下來。

鬼怪們停下來，望著天空，彷彿又聽到三位神仙的呵呵笑聲。

光束中間，光點緩緩飄落。

「下雨了嗎？」有人問。

「不，下的是陽光。」

第一次，他們能摸得到光線，摸起來就像小時候牽著媽媽的手，光束流過草原

把他們一個個包圍，就好像在媽媽懷裡的感覺。

所有的鬼魂和妖怪都浮了起來。

「小侍郎？」他們低頭問。

「不要怕，去吧。」男孩說。

他們愈升愈高，愈來愈亮。

起初有點疑惑，後來一切都豁然開朗。

愈升愈高，愈來愈亮。

心裡愈來愈想笑。

在光中，他們終於看到媽媽光彩奪目的慈祥笑容。

「孩子，辛苦了，到這個最美好的世界，休息一下吧。」溫柔的聲音說。

「媽……」

整個莫怪樓上空，變成一片光海。

一種超越一切法術、神符和咒語的力量，牽著所有鬼魂和妖怪們的手，帶領他們進入了超過一切人們所能想像的幸福之中。

晴朗的草原上，只剩下兩個小侍郎。

「喂，發生什麼事了？」女孩喊著：「他們到哪去了？」

男孩張眼看了一下，又閉上眼睛。

女孩嚷著：「你還睡！」

「別擔心。」男孩眨眨眼。把口袋裡的符咒通通掏出來，丟到一邊。

終於可以休息了。

他微笑著，沉入最甜美的夢鄉。

番外篇

（晴空來臨前的）

莫怪樓的一天

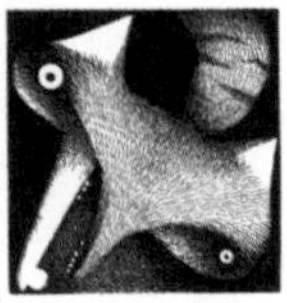

大地還在沉睡，起伏的山巒像是黑暗大海上的波浪，連山神們都睡得不省人事。

在最深最深的深山中，黑漆漆的古老樓房裡，三樓的某個房間，晴風小侍郎張開眼睛，然後就再也睡不著了。她夢到了她媽媽，但卻怎麼也看不清楚她的臉孔。她坐起身來，趴在窗口，看了一會兒滿天星辰，這時她聽到微微的啜泣聲，於是跳下床來，打開門，看著黑漆漆的長廊。

長廊的角落蹲著一個小女孩，肩膀抖動著。晴風小侍郎走過去，摟著她的肩膀，和她靜靜的一起坐一會兒。小女孩哭著告訴她自己以前曾經是多麼受寵愛的大小姐，她們家多麼有錢，連穿鞋子都有人服侍，現在她只覺得好孤單。

「過去的事，本來就像一陣風吹過，無影無蹤。」晴風小侍郎說。她不是很擅長安慰鬼魂。「該忘的就忘了吧，你已經死了。」

「謝謝你陪我。」小女孩抬起頭看著她。

晴風小侍郎張大了眼睛。小女孩的臉，長得和她一模一樣。

在莫怪樓這麼久了，還是常常會遇見讓她起雞皮疙瘩的怪事。

晴風小侍郎慢慢退回房裡，坐在窗邊看著星星。

天慢慢亮了。

山巒、大地、草原……都甦醒過來，散發出一種清新的味道，晴風小侍郎站起來，展開雙臂，深深吸一口氣，把頭髮紮好，走下樓去。一樓的大殿還是暗暗的，她點起油燈，看到大殿中央有一床棉被。

「晴爺爺，你怎麼又睡在這裡？」晴風皺起眉頭，掀開被子，被子裡是一隻大黑熊。「哇！」

「怎麼啦？」晴爺爺從被子另一端抬起頭來，看到大黑熊，也嚇一跳。

「大概是昨晚門沒關好，讓這頭熊闖了進來。」晴爺爺揉揉眼睛。「竟然還鑽進我被窩。」

「啊，牠受傷了！」晴風掀開染紅的棉被，大熊腳上插著一截短箭。

「可憐的傢伙。」晴爺爺上樓去拎來了藥箱。

「我來！」晴風搶過藥箱。「我手比較穩。」

女孩一手持刀，一手拎著酒瓶，咬開瓶塞，仰頭含一大口，噴灑在傷口上。

黑熊大叫一聲。

「乖，是男子漢就別怕疼。」晴風小侍郎拍拍大熊，俐落的挑出箭鏃，血水湧出。她飛也似的止血、灑上藥粉，敷上藥草，包紮完畢。

「哇哈哈！完成了。」晴風豪爽的坐在木頭地板上大笑。

「一點也沒個女孩子家樣子。」晴爺爺微笑著說。

「不好嗎？」

「很好哇。」

陽光照進窗來，天亮了。

大熊又睡著了。為了怕吵醒牠，晴爺爺吩咐鬼大鼓今天別出聲，然後他自己安安靜靜的到草原的大石頭上打坐去了。

鬼怪們昨天才用過餐，七天內不用再餵。為了讓大熊好好養傷，鬼怪的課程也取消了。所以今天小侍郎的工作很輕鬆，只要洗衣服就行了。

「喂！」晴風一邊啃饅頭，一邊走上樓去，一個房間一個房間去敲門。「髒衣服拿出來洗！」

少數的房間會打開一道門縫，露出半個陰森森的臉，把要換洗的衣物遞出來。但大部分的鬼怪都還在為自己的死亡唉聲嘆氣，或是深陷在悲傷的回憶裡，心情悽悽慘慘的時候，根本不會在意衣物乾不乾淨。

「嘖，你們這些骯髒鬼。」有時候晴風還得破門而入，幫他們換下染血的衣袍和被單。

「你們早就死啦，不會再流血啦，也不會再痛啦！」晴風順手把抹布捲成一球，塞進戰死士兵肚子上的血窟窿裡。「這些可怕的東西都是你自己想出來的，懂不懂？別再放不下啦！你一直想啊想的，就變真的了！懂嗎？洗衣服很累的！」

鬼怪們茫茫然的站在窗口，看著莫怪樓下，搖頭嘆氣的晴風小侍郎挑著兩大扁擔的衣服被單，走進山裡去洗。

洗完衣服，晾好被單，腳泡在清涼的山泉裡，聽著嘩啦啦的瀑布聲，頭靠在石頭上，晴風睡著了。

她夢到了小時候拉著媽媽的手，在陽光下奔跑的情景。

「你這野丫頭！」媽媽笑著罵，但是看不清她的臉孔。

醒來的時候，太陽已經偏向了另一邊。錯過了午餐，好餓。晴風兩腳一蹦，輕溜溜的跳上樹，在樹梢間蹦來蹦去，靈活得像個猴子似的，最後跳下樹來，一邊咬著採來的野果，一邊挑著扁擔，走回莫怪樓。

「回來啦？咚咚咚。」鬼大鼓向她打招呼。

大熊已經醒了，坐在鬼大鼓邊的門廊下，看著草原。

「你坐在這裡的樣子，簡直像是個人。」晴風直盯著大熊，走到牠面前。

「而且是個我以前認識的人。」

晴風看著大熊，大熊看著晴風，好像想說什麼似的，把爪子搭在她肩上。

「我也這麼覺得。」晴爺爺走過來，手伸進袖子裡，啪，一張符咒貼在大熊額頭上。

「現出原形！」

咻！

晴風不敢相信自己的眼睛。

眼前是個渾身髒兮兮，一頭亂髮的男孩子，手還搭在自己肩上。

「哥？」晴風睜大了眼睛。「晴火哥哥？」

「謝謝你救了我。」男孩說。「妹。」

久別重逢的兄妹倆抱在一起。

「那我呢？不用謝我嗎？」晴爺爺說：「昨晚還鑽進我被窩呢。」

「謝晴大人相救之恩！」男孩一拱手，然後笑了。「我從小和你睡一張床，一時改不了習慣。」

「哼，」晴爺爺半皺著眉頭，半微笑著說：「你不是說要去浪跡天涯，學會最高深的武功、最厲害的法術才回來嗎？怎麼沒變成英雄，倒變成了隻狗熊回來了呢？」

「說來話長，孩兒的確浪遊了許多地方，跟隨過幾位高人學藝，但這次事情才讓自己知道學藝不精。前陣子路過京城，無意間見到一個像是將軍的鬼影飄進丞相府，忍不住跟著潛入府中一探究竟，結果行跡敗露，丞相不問青紅皂白射了我一箭。我就變成隻大熊啦。」男孩苦笑著說。「好不容易才逃回來。」

「有這等事？」晴爺爺托著下巴。「你探聽到什麼？」

「只聽到什麼鬼將軍、百鬼塔、鬼大軍的。變成熊以後腦袋糊里糊塗，記不住了。過兩天我傷好了，再去查個究竟。」

「不急不急。」晴爺爺拍拍他亂得像鳥窩的頭。「咱們爺倆好久沒聚聚了。」

這天的晚餐特別豐盛，兩位前後任的小侍郎兄妹和晴爺爺圍著暖烘烘的野菜火鍋，感覺像是團圓夜似的，笑聲迴盪在莫怪樓大殿中，鬼怪們都忍不住下樓來探頭探腦。

晚餐後，三個人躺在門廊上看月亮。

「哥，你去了那麼久，到底學了些什麼厲害法術？」晴風嘴裡叼著一根青草。

「沒什麼，都是些華而不實的把戲。」男孩說。「比方說，睡在雲上的法術，讓自己隨著風飄的法術，讓整座大山發光的法術，或是像這種由一變多的法術……」

男孩從懷裡掏出一張符咒，上面寫著「飛得高，飛得遠，化成百，化成千！」

「哇，這符咒可有用得很啊！」晴爺爺看到新符咒就特別興奮。

「是嗎？那就請晴爺爺收下，當作是孩兒的禮物。」

「那我就不客氣了。」晴爺爺把符咒塞進他的大袖子裡。「我正為鬼部預算不夠買符咒發愁呢。哈哈哈！」

笑聲真宏亮。本來快要睡著的鬼大鼓又被嚇醒。

「好了，該睡了！」晴爺爺伸了個懶腰。

「好，睡了！」晴風小侍郎和哥哥一人一邊倒在晴爺爺腿上。

「誰說是這樣睡的？」晴爺爺皺起眉頭。

「我們小時候都是這樣睡的啊。」晴風說：「拜託嘛，我最近都睡不好。」

「為什麼睡不好？」哥哥問。

「我也不知道……房間裡好暗，外面的大山也好暗，我的心情也好暗……半夜還會聽到鬼哭呢。」

晴風把半夜遇到小女鬼的事說給他聽。

「喔，她呀，那是個過世很久的小女孩，久得讓她忘光了自己的一切。」晴爺爺說：「所以她總是模仿別人的長相，別人的心情。」

「這樣啊。」晴風打了個呵欠，揉揉眼睛。「晴爺爺，你可不可以再講一遍，我媽是怎麼帶我們來莫怪樓的？」

「我已經說過十遍了。」

「再一遍。」

「好吧。」晴爺爺看著月光下的山林，悠悠地說：「那天晚上月光像水一樣，又柔和，又明亮。一個安安靜靜的女人，牽著一個女孩和一個男孩，慢慢走向莫怪樓……」

「我媽長什麼樣子？」

「跟你很像，只是溫柔多了，一頭長髮……」晴爺爺笑著說：「不過，她是半透明的……」

「噓，我知道，別說。」晴風臉色一沉。

「嗯。當時她要把你們託付給我，我還真沒辦法拒絕，只能請她先坐下來，喝杯茶，希望能在喝茶時想出拒絕她的方法，喏，我們當時就坐在那兒……」

晴爺爺故事說到一半，就聽到均勻的鼻息聲。

兩個孩子都睡著了。

他看著晴風一顫一顫的眉毛，輕輕嘆了口氣。

月光靜靜的。山林靜靜的。莫怪樓靜靜的。

半夜，晴風醒來，拿了毯子，披在哥哥和晴爺爺身上，自己輕手輕腳走回樓上去睡，經過走廊時，拍拍哭泣的小女鬼的頭。

「別傻了。」晴風說：「沒事了。」

她走進黑漆漆的房間，走到窗邊，看著黑漆漆的大山，心情正要像往常一樣低落下來的時候……

整座大山忽然亮了起來。

好像一億盞油燈同時點亮，起伏的山巒剎那間炯炯發光。

晴風跳下床來，站在窗邊，眼睛和嘴巴驚訝得闔不起來。

哇。好燦爛的景象。

然後她低頭，看到莫怪樓下，哥哥笑著向她揮手。

晴風小侍郎欣賞著窗外美妙的發光大山，許久後才笑著跳回床上，笑著裹進棉被裡，笑著沉睡入夢鄉。

關於作者

從前從前，有一個迷人的時代。

那時候，出版社出版可愛的童書，商店裡有五顏六色的衣服，人們熱情有活力，每天都有新主意，吵起架來卯足了全部力氣，他們偶爾闖紅燈，偶爾悲傷、憂慮，但是大聲唱完歌以後，又能互相擁抱大笑。

就在那時候，有一個鄉下童話作家，住在北方海邊的小城山坡上，用哲也的名字寫一些故事。

這男孩有黑黑的皮膚，屋裡有唱片和書，有木頭小平臺可以靜靜坐一會兒，螞蟻在腳邊來來往往，熱情的狗吐著舌頭，放鬆的貓睡得不成樣子。

太太是個會煮義大利麵、泰式酸辣湯，烘餅乾的女孩，當她穿上神奇的九號T恤時，家裡就會閃閃發光。

女孩每天出外工作，讓他能夠繼續寫故事。雖然她自己心裡也有美好的故事在一閃一閃，但是她都忍耐著，用神奇的九號T恤把它們遮蓋起來。

至於男孩的心裡，則住了一個流浪的降魔師。這是一個在心中十幾年的故事，卻一直模模糊糊，他只好向老天爺祈禱，上天的力量真是神奇！強烈的光芒從他心門的門縫照射進來，燦爛得讓心裡的角色們都睜不開眼睛。

「太亮了……」

「請忍耐，神仙下凡就要有這種氣勢才行。」

故事不由自主發展起來，男孩手忙腳亂把它寫下來。每當他想照自己的意思寫，老天爺就會警告他：

「你可別愈幫愈忙。」

「那我要做什麼？」

「許願好了，我給你三個願望。」

於是男孩這樣祈禱：

但願這本書，為所有生命帶來愛和溫暖。

願所有最黑暗的地方的受苦生命，都能看見自己的生命之光。

願世界的守護者，以您的慈悲之眼，永遠守護著我們。

男孩平常吊兒郎當，但是許願時還挺真誠的。

因此，後來這個時代和這個男孩，雖然都消失在時光的河流中，但是這些願望，畢竟還是實現了。

推薦文

晴空小侍郎——愛的時空俠客

奚淞

《晴空小侍郎》的作者哲也真是一位「芳香的說故事人」。他娓娓道來，不但隨機創造出活潑、靈光閃爍的情節，也充分展現了他魔幻般的文字能力。

這是個驚悚的鬼故事，卻具備兒歌般的人情詼諧；情節雖然荒唐無稽，卻處處流露詩情，使人感受一份荒謬之美。種種形、色、情境的鮮明對比，造成這部小說種種引人入勝之處。說《晴》比電影還好看也不為過，因為看電影時的感動僅止於聲光畫面，而《晴》的小說文字卻能啓發出讀者天馬行空的想像力。

小說裡，我們隨主角男孩逆時空、奔向千年前的「晴朝」鬼都，好追回他那被鬼大軍擄去的妹妹。男孩拚命向前，但在凶險處境中，他表現出的不只是忍耐、勇敢，還有一份很特殊的柔軟心。

例如男孩為成為「鬼部侍郎」，必須通過多重考驗——當我們看到他如何忍飢餓、犧牲自己，以紅書包裡的「山貓子兒」餵飽眾鬼；當他持幻影劍與強敵作生死格鬥時，竟在雷火貫頂的生死關頭，先助敵人度脱火海……完成任務的男孩，終於成為「晴空小侍郎」。

至此，令讀者恍然悟到：此「晴」，或者也正指赤子之心的柔「情」吧？而「空」字，是否意味那份為幫助他人而忘卻自我的「虛己待人」之心呢？

小說情節波濤洶湧，令人手不釋卷。在漫天閃爍的陽光雨中，我們期盼這位晴空小侍郎——愛的時空俠客，能從鬼大軍手中救回他的妹妹。

樂讀456+ 012

晴空小侍郎

作　　者｜哲也
繪　　者｜唐唐

責任編輯｜許嘉諾
美術設計｜唐唐
行銷企劃｜葉怡伶

天下雜誌群創辦人｜殷允芃
董事長兼執行長｜何琦瑜
媒體暨產品事業群
總 經 理｜游玉雪 副總經理｜林彥傑
總 編 輯｜林欣靜 行銷總監｜林育菁
副 總 監｜李幼婷
版權主任｜何晨瑋、黃微真

出版者｜親子天下股份有限公司
地址｜台北市 104 建國北路一段 96 號 4 樓
電話｜（02）2509-2800　傳真｜（02）2509-2462
網址｜ www.parenting.com.tw
讀者服務專線｜（02）2662-0332　週一～週五：09:00~17:30
讀者服務傳真｜（02）2662-6048
客服信箱｜ parenting@cw.com.tw
法律顧問｜台英國際商務法律事務所・羅明通律師
製版印刷｜中原造像股份有限公司
總經銷｜大和圖書有限公司　電話：（02）8990-2588

出版日期｜ 2015 年 7 月第二版第一次印行
2024 年 7 月第二版第二十七次印行
定　　價｜ 320 元
書　　號｜ BKKCK006P
ISBN ｜ 978-986-91910-3-6（平裝）

國家圖書館出版品預行編目 (CIP) 資料

晴空小侍郎／哲也 文；唐唐 圖； -- 第二版,
-- 臺北市：親子天下, 2015.07
256面；17x22公分. --（樂讀456+系列；12）
ISBN 978-986-91910-3-6（平裝）
859.6　　104010374